Melanie Huber

Das Mädchen in meinem Kopf

meiner Schwester Sabrina

Melanie Huber

Das Mädchen in meinem Kopf

Bibliografische Information der Deutschen Nationalbibliothek:
Die Deutsche Nationalbibliothek verzeichnet diese Publikation in der Deutschen Nationalbibliografie; detaillierte bibliografische Daten sind im Internet über http://dnb.dnb.de abrufbar.

Herstellung und Verlag: BoD – Books on Demand, Norderstedt

ISBN: 978-3-7347-4363-4

PROLOG

Ich schnappte nach Luft, als ich sie plötzlich neben dem Bücherregal stehen sah. Sie befand sich direkt vor mir und ich blickte ihr unverwandt ins Gesicht. Ich glaubte, mein Herz hätte für eine Sekunde ausgesetzt, doch dann spürte ich wieder den dumpfen Doppelton. Mein Körper verkrampfte sich. Sie stand reglos an der Wand, starr, als wäre sie aus Stein gemeisselt. Ihre aschblonden Haare hingen wie Fäden hinunter, flossen ihrem dürren Körper entlang. Die eingefallenen Wangen liessen ihre Gesichtsknochen noch kantiger hervorstehen. Ihr Anblick jagte mir einen eiskalten Schauer über den Rücken und dennoch konnte ich meinen Blick nicht von dieser scheusslichen Kreatur wenden. Ich erkannte ein Zucken in ihrem linken Handgelenk: Sie schien aus ihrer Starre langsam zu erwachen. Mein Herz begann wie wild zu hämmern, sodass ich glaubte, es würde jeden Moment den Brustkorb zum Explodieren zwingen. Ihre schmalen Lippen verzogen sich zu einem höhnischen Grinsen, als sie meine angsterfüllten Augen entdeckte. Es bereitete ihr anscheinend Spass, mich leiden zu sehen. Der Atem verliess mich stossweise und heftig. Die Gedanken in meinem Kopf begannen zu rasen und ich wollte nur noch weg von hier, weg aus diesem Zimmer, weg aus dieser Stadt, weg aus dieser Welt. Ich wollte aufspringen, um einfach davonzulaufen, doch mein Körper war wie gelähmt. Ihre Anwesenheit fesselte mich förmlich an den

Stuhl. Die gläsernen Augen des Mädchens begannen aufgeregt zu blitzen, als hätte sie meine Gedanken gelesen, und sie kam jetzt langsam auf mich zu. Eiserne Panik kroch in mir hoch. Ich richtete meinen Blick auf den Fussboden und presste meine Augenlider zusammen, in der Hoffnung, sie würde sich so einfach wieder in Luft auflösen, genauso augenblicklich wieder verschwinden, wie sie gekommen war. Das Klackern ihrer Absätze auf dem Parkett hallte in meinen Ohren. Da nahm ich die eiserne Kälte in meinem Zimmer wahr. Das Mädchen kam immer näher auf mich zu, das Geräusch ihrer Schuhe wurde eindringlicher und lauter. Mein Körper wurde von einem heftigen Schütteln ergriffen und ich wollte schreien, doch meine Kehle war wie zugeschnürt. Ich brachte keinen Ton heraus. Mein Griff um die Armlehnen des hölzernen Stuhles wurde stärker, sodass meine Knöchel weiss heraustraten. Doch ich spürte den Schmerz in meinen Händen nicht, ich spürte überhaupt nichts mehr. Plötzlich hielt sie inne und das Klackern verstummte. Stille. Ich traute mich kaum zu atmen. Ich hatte Angst, sie würde das Pochen meines Pulses hören. Jeder meiner Muskeln war angespannt. Ich wollte wissen, was sie tat, weshalb sie plötzlich stillstand, doch ich wagte es nicht, meinen Kopf zu heben, um nachzusehen. Noch nie zuvor war mir eine solche Stille widerfahren. Ich spürte, wie mir schwindlig wurde. Der süssliche Duft von einem Gemisch aus Rosen und Magnolien stieg mir in die Nase. Dieser frische Geruch liess mich an den

Frühling denken, an die farbenfrohen Wiesen, die warmen Sonnenstrahlen... Der Duft schien meinen Körper wie ein Schleier zu umhüllen. Ich vergass beinahe, wo ich eigentlich war, als mir mit einem Schlag klar wurde, woher ich den Duft kannte. Es war ein Parfum: Die neue Kreation von Chanel, die meine Mutter täglich auf ihre Handgelenke träufelte und nachdem das Bad seit neuem immer roch. Jetzt wusste ich, dass das Mädchen nur noch Millimeter von mir entfernt war, denn dieser Duft war auch *ihr* Parfum. Ihr heisser Atem erreichte meine Haut, worauf sich meine Nackenhaare zu Berge stellten und mir ein gellender Schrei entfuhr.

KAPITEL 1

Ich strich meine neue Bluse glatt und betrachtete mein Spiegelbild. Der Stoff fühlte sich leicht und angenehm kühl auf der Haut an. Ich fand, die hellen Pastelltöne unterstrichen meine stahlblauen Augen zusätzlich. Aus dem Augenwinkel sah ich, wie meine Schwester mich musterte. Ein zufriedenes Lächeln machte sich auf meinen Lippen breit. Sie sagte nichts, sondern sass stumm auf meinem Bett und liess ihre Beine über die Bettkante baumeln. Sie sagte nichts, doch der Neid war ihr ins Gesicht geschrieben. Sie kaute an ihren Fingernägeln und tat so, als wäre sie gelangweilt. Immer wenn mich meine Schwester ansah und mich von oben bis unten musterte, als sähe sie mich zum ersten Mal, konnte ich in ihren rehbraunen Augen pure Eifersucht erkennen. Sie tat mir manchmal schon fast ein bisschen leid, wie sie da sass, mit ihrem langweiligen, braunen Bob, der schon lange aus der Mode war. Auch ihre Kleider schienen einem Modekatalog aus dem letzten Jahrhundert entsprungen zu sein. Anscheinend war ich es, die die gesamte Schönheit unsere Mutter geerbt hatte...

„Gehst du heute noch aus?", fragte Emma zögernd. Sie versuchte, die Frage möglichst beiläufig klingen zu lassen.

„Luc holt mich um acht ab." Ich griff nach meiner Bürste und begann meine Haare zu kämmen.

Emma rollte genervt die Augen und schwieg. Sie war eher still, doch ihre Blicke sprachen meist Bände. Deshalb war mir auch nicht entgangen, dass sie schon seit Längerem ein Auge auf meinen Freund Luc geworfen hatte. Sie stritt es immer eisern ab, wenn ich dieses Thema ansprach, aber die Blicke, die sie ihm zuwarf, waren eindeutig. Ich hatte Luc durch Emma kennengelernt – er besuchte noch vor kurzem die gleiche Klasse wie sie. Doch nun war ich es, die mit ihm seit drei Monaten ging. Ich brauchte nicht eifersüchtig zu sein, nein, denn Emma hatte keine Chancen bei ihm. Neben meinen äusseren Vorteilen war ich auch viel offener als meine ältere Schwester. Kontakte zu knüpfen fiel ihr im Gegensatz zu mir sehr schwer. Überhaupt war mir Luc hörig und verfiel mir immer wieder aufs Neue. Er tat immer das, was ich wollte: Er war die Marionette – ich der Marionettenspieler. Ich war mir nicht sicher, ob er mich bereits ein wenig langweilte; aber ich wollte ihm noch ein bisschen Zeit geben. Denn sein Wesen wurde in der Tat von etwas Besonderem oder gar Geheimnisvollen umgeben.

Ich nahm meinen Lippenstift aus der Schublade, zog die Hülse ab und schraubte ihn heraus. Ich spitzte meine vollen Lippen und trug den kirschroten Lippenstift auf.

„Wollte Vater nicht, dass du heute Abend noch für deine Mathearbeit lernst?", erkundigte sich Emma, worauf sie nicht verhindern konnte, dass sich ihre Lippen zu einem vagen Lächeln verzogen, welches sie aber mit ihrer

Hand schnell verdeckte. Ich hielt für einen Moment inne und dachte nach, dann liess ich den Lippenstift weiter über meine Lippen gleiten.

„Das kann ich auch morgen noch erledigen", erwiderte ich, „und wenn Dad Probleme macht, werde ich meinen Charme ein wenig spielen lassen, dann wird er mir nicht widerstehen können."

Damit hatte ich Recht. Mir fiel es leicht, unsere Eltern um den Finger zu wickeln. Was hatten sie denn schon gegen mich in der Hand? Ich schrieb reihenweise gute Noten, war sehr beliebt an meiner Schule, hatte das makellose Aussehen meiner Mutter, ging mit Luc, dem Sohn eines angesehenen Zahnarztes, und arbeitete neben dem Gymnasium im Starbucks, um mein eigenes Geld zu verdienen. Emma konnte dagegen nur schwer ankommen. Deshalb drückten unsere Eltern bei mir auch öfters mal ein Auge zu. Damit will ich nicht sagen, dass sie von ihnen nicht geliebt wurde, sondern dass sie glaubten, Emma bräuchte mehr Unterstützung im Leben und eine strenge Hand, die sie davon abhalten sollte, ihre Zeit zu vergeuden. Meine Schwester hatte vor zwei Monaten ihr Kunstgeschichtsstudium begonnen, von dem unsere Eltern, insbesondere Vater, alles andere als begeistert waren, denn ihrer Meinung nach war die Beschäftigung mit Kunst vergeudete Zeit. Überhaupt waren unsere Eltern sehr darauf bedacht, dass ihre beiden Töchter in ihrem späteren Leben mindestens genauso erfolgreich wurden wie sie selbst. Mutter war eine angesehene Immobilienmaklerin und führte den lieben langen Tag reichen Schnöseln teure Wohnungen vor, Vater war Chefarzt.

Emma wollte gerade etwas auf meine Bemerkung erwidern, da klingelte es an der Haustür. Das musste Luc sein! Ich warf einen letzten Blick in den Spiegel, bevor ich die Stufen ins Wohnzimmer herabeilte. Ich strich mir nochmals über die Haare und presste meine Lippen aufeinander, sodass sich der Lippenstift verteilte. Dann öffnete ich die Haustür. Luc stand mit einem verschmitzten Grinsen im Gesicht vor mir. Seine blauen Augen begannen aufgeregt zu blitzen, als er mich sah. Er bückte sich leicht, um mich zu küssen.

„Hallo, hübsche Frau", hauchte er beinahe tonlos. Sein Atem roch nach Pfefferminze. Seine blonden Haare hatte er säuberlich zur Seite gekämmt und sein gut gebauter Körper zeichnete sich leicht unter dem weissen Hemd ab. Ihm schien mein Anblick offensichtlich zu gefallen, denn er konnte seinen Blick kaum von mir lösen, als ich die Haustüre hinter mir ins Schloss fallen liess und mit ihm durch unseren Garten zu seinem Auto schlenderte. Es war Ende September und der Herbst hatte eingesetzt. Die ersten Blätter der Eiche, die neben unserem Haus stand, hatten sich bereits zu verfärben begonnen und auch der Wind, der um meine nackten Beine strich, fühlte sich wieder eisig an. Ich liess mich auf den ledernen Autositz fallen und schaltete das Radio ein. Luc drehte den Schlüssel im Zündschloss um, worauf der

Wagen kurz aufheulte. Er lenkte den silbernen Volvo aus unserer Einfahrt und bog auf die Hauptstrasse ab. Für einen Moment waren nur die Radiomusik und der Motor zu hören. Ich blickte durch die Windschutzscheibe ins schwache Licht der Abendsonne. Ich war erschöpft von der Arbeit im Starbucks. Samstags war der Job als Barista noch anstrengender als sonst. Meine Beine und der Rücken schmerzten vom langen Stehen. Doch jetzt sass ich bei Luc im Auto. Auf diesen Moment hatte ich mich schon den ganzen Tag gefreut. Ich sah aus dem Augenwinkel, wie er mich ansah.

„Deine Haare sind wider mal ein Traum", schwärmte er und schenkte mir ein warmes Lächeln. Dann richtete Luc seinen Blick schnell wieder auf die Strasse, um die leichte Linkskurve nicht zu schneiden.

„Die Bluse steht dir auch ausgezeichnet", fuhr er fort. „Hast du die neu?"

Ich nickte und konnte mir ein Lächeln nicht verkneifen.

„Und diese blauen Augen..."

Ich lachte. „Sei nicht albern!"

„Nein, im Ernst!", sagte Luc. „Du bist bezaubernd."

Ich griff glücklich nach seiner Hand und summte die Melodie des Liedes *I follow rivers*, das Lykke Li lautstark aus dem Radio trällerte.

KAPITEL 2

Gelangweilt zeichnete ich Kreise auf die hölzerne Tisch-platte der Schulbank, das Kinn in meine Hand gestützt. Ich liess meinen Blick durch das Zimmer schweifen und blieb schliesslich an der grossen Wanduhr hängen. Der Sekundenzeiger bewegte sich wie in Zeitlupe vorwärts. Die Stimme meines Lehrers nahm ich nur gedämpft wahr. Ben, der neben mir sass, kritzelte hektisch Zahlen und Variablen auf seinen Notizzettel, den Blick zwi-schendurch immer wieder auf die Wandtafel gerichtet. Er sah eigentlich noch ganz süss aus mit seinen grossen Knopfaugen. Sein braunes Haar war ganz zerzaust, da er sich immer wieder seufzend durch seine Locken fuhr. Ich hatte das Glück, dass mir das Lernen, im Gegensatz zu den meisten meiner Freunde, leicht fiel. Meine Ge-danken begannen langsam abzuschweifen. Ich dachte an Luc. Vielleicht sollte ich ihn doch besser jetzt schon ab-schiessen, langsam langweilte er mich wirklich und die-ses geheimnisvolle Etwas schien sich immer mehr in Luft aufzulösen. Ich brauchte nur mit dem Finger zu schnippen und schon kam er angelaufen und las mir je-den Wunsch von den Lippen ab. Normalerweise halte ich es mit solchen Typen keine zwei Wochen aus... Ander-seits hatte seine Familie eine hohe Position in der Ge-sellschaft, was das einzige war, das meine Eltern inte-ressierte, und an seinem Aussehen und seiner Beliebt-heit war auch nichts auszusetzen. Aber in den nächsten

Wochen musste ich wohl oder übel das Kapitel *Luc* beenden, denn unsere Beziehung fühlte sich wie ein Theaterstück an, das man jeden Abend vorgeführt bekam – irgendwann konnte man es nicht mehr sehen.

„Sehr gute Arbeit." Schlagartig wurde ich in die Realität zurückgeschleudert und fuhr erschrocken zusammen, als mein Lehrer plötzlich vor mir stand, um mir meine geschriebene Prüfung zurück zu geben. Sein breites Lachen schien sich über sein gesamtes Gesicht zu erstrecken. Eine Sechs. Ich bekam anerkennende Blicke von meinen Banknachbarn – insbesondere von Ben. Der musste sich mit einer Dreieinhalb zufrieden geben. Doch für mich war diese Note nichts Besonderes. Es war nur ein Kringel neben meinem Namen auf dem Prüfungsblatt – mehr nicht. Dann wurde ich endlich vom Klang der Schulglocke erlöst. Schnell steckte ich die Schulhefte in meine Tasche und verliess das Klassenzimmer. Der Flur begann sich augenblicklich mit Schülern zu füllen. Mit schnellen Schritten durchquerte ich die Eingangshalle, an den Tischen und Stühlen vorbei, entlang der Bibliothek. „Amélie!" Ich hörte, wie ein Mädchen meinen Namen rief. Ich tat so, als hätte ich wegen der Lautstärke, die jetzt jeden Winkel der Kantonsschule erreicht hatte, nichts gehört.

„Amélie, warte doch!" Es war Sophie, die jetzt direkt auf mich zusteuerte, mit einer CD in der Hand winkend. Sie war einst eine gute Freundin. Doch das war einmal. Sie gehörte zu den *Nerds* an unserer Schule. Die *Nerds* waren die Gruppe von Schülern, die jede freie Sekunde ihre Nase in ein Buch steckten, immer alles besser wussten, sich miteinander lieber über *Goethes Faust* unterhielten als über den neuen Film von Johnny Depp und stets langweilige Klamotten trugen, wie beispielsweise graue Rollkragenpullover, die aussahen, als hätte ihre Oma sie gestrickt, dazu einen schwarzen Rock, der bis über die Knie reichte. Früher verstand ich mich mit Sophie ganz gut, bis sie beschlossen hatte den *Nerds* beizutreten und nichts aus ihrem grauen Leben zu machen. Eine Streberin in meinem Freundeskreis konnte ich definitiv nicht gebrauchen. Das hätte mich meinen guten Ruf an der Schule gekostet. Immerhin gehörte ich zu den Beliebten. Deshalb schaute ich jetzt weder rechts noch links, als Sophie meinen Namen durch die Eingangshalle rief, meine Schritte wurden grösser und eiliger, die Hände auf Abwehr in meine Manteltaschen gesteckt. Aus dem Augenwinkel beobachtete ich, wie Sophie stehen blieb und mir nachsah. Sie liess die Hand mit der CD sinken. Die Enttäuschung war ihr ins Gesicht geschrieben, doch das war mir egal. Erleichtert, sie losgeworden zu sein, stiess ich die schwere Eingangstüre auf und trat ins Freie. Ein eisiger Wind kroch unter meine Kleidung und liess mich den Mantel enger um meinen Körper schlagen. Mein Gesicht vergrub ich bis zur Nase in meinen dunkelroten Wollschal, den mir meine Mutter zu letzten Weihnachten geschenkt hatte. Der Wind fegte über den betonierten Schulhof und liess bunte Blätter in der Luft tanzen.

Es war bereits achtzehn Uhr, als ich zu Hause ankam. Ich liess hinter mir das Gartentor ins Schloss fallen und schlenderte durch unseren Vorgarten auf unser Haus zu. Emma musste noch im Ballettunterricht sein und unsere Eltern arbeiteten beide noch. Also gehörte das Haus nun ganz mir alleine. Ich blieb vor der Türe stehen, um in meiner Tasche nach dem Wohnungsschlüssel zu wühlen, als mein Blick auf mein Zimmerfenster im ersten Stock fiel.

Ich erstarrte. Mein Herz begann wie wild zu schlagen, und für einen Moment vergass ich, zu atmen. Dann schnappte ich erschrocken nach Luft, den Blick immer noch auf mein Fenster gerichtet, in dem ein grauer Schatten zu sehen war. Die Dämmerung hatte bereits eingesetzt, aber dennoch konnte ich die Umrisse der Gestalt, die an meinem Fenster stand, genau erkennen. Wie zu einer Eisstatue erstarrt stand ich vor unserem Haus und wusste nicht, was gerade passierte. Der Schatten beugte sich nach vorne, doch mehr als die Umrisse wurde nicht sichtbar. Tausend Gedanken schossen mir durch den Kopf – und alle gleichzeitig. War ein Einbrecher in unserem Haus? Weshalb schaute er aus dem Fenster? Beobachtete er mich? Ich sollte die Polizei rufen! Nein, es war bestimmt Emma, die nicht ins Ballett gegangen war. War es eine Frau? Ich sollte mich endlich wieder beruhigen. Atmen! Nein, das war nicht Emma...

Das ist doch alles nur ein Traum! Träumte ich? Ein schlechter Scherz! Alles nur ein schlechter Scherz. Schlechter Scherz. Atmen!

Endlich fing ich mich langsam wieder. Ich zwang mich, ruhiger zu atmen. Langsam und konzentriert sog ich die kalte Luft ein und blies sie wieder aus meinem Mund. Mit zitternden Fingern griff ich nach dem Schlüssel und steckte ihn ins Schloss. Das Pochen meines Herzens schien meinen ganzen Körper auszufüllen und von jeder kleinsten Gefässwand zurückgeworfen zu werden. Mit einem leisen Klicken sprang die Haustüre auf, als ich den Schlüssel im Schloss umdrehte. Lautlos trat ich ins Innere des Hauses, die Türe liess ich offen. Ich machte kein Licht, obwohl es wegen der Dämmerung bereits ziemlich finster war. Im Flur sah alles wie gewöhnlich aus: Die Jacken und Mäntel hingen am Ende des langen Gangs, die Schuhe fein säuberlich nebeneinander aufgereiht und nach Farben sortiert, das Picasso-Bild, auf dem ein Herr mit auffallend kantigem Gesicht zu sehen war, oberhalb der Kommode. Ich versuchte, ruhig zu atmen. Auf Zehenspitzen schlich ich zum Wohnzimmer, meine Hände tasteten die Wand ab, da sich meine Augen noch nicht an die Dunkelheit gewöhnt hatten. Meine Knie zitterten so stark, dass ich kaum gehen konnte. Mit meinen Fingern stiess ich am Türrahmen des nächsten Raumes an. Vorsichtig blickte ich um die Ecke ins Wohnzimmer. Auf den ersten Blick erschien mir alles wie immer, anscheinend war nichts weggekommen. Die weisse Couch stand an ihrem gewohnten Platz in der Mitte des Raums, davor stapelten sich einige Zeitschriften auf dem kleinen Glastisch, die grosse Vase, aus der mir strahlend weisse Blüten entgegenleuchteten, stand in der Ecke, unzählige Gemälde schmückten die sonst so fahlen Wände, der Teppich hatte das gleiche Weiss wie der Schnee, der im Winter auf den Strassen lag. Es herrschte absolute Stille, nur das Ticken der grossen Standuhr, die meine Mutter von ihren Grosseltern geerbt hatte, war zu hören. Es ist alles noch an seinem Ort, versuchte ich mich zu beruhigen. Auch keine Schubladen oder Schränke waren geöffnet worden. Alles in Ordnung. Mein Herzschlag und meine bebenden Glieder wollten sich dennoch nicht beruhigen, denn ich wusste noch immer nicht, wer in meinem Zimmer war.

Plötzlich legte sich von hinten eine schwere Hand auf meine Schulter, worauf ich erstarrte.

KAPITEL 3

Ein gellender Schrei entfuhr mir. Ich hatte das Gefühl, dass das Herz in meiner Brust aufgehört hatte zu schlagen. Panisch wirbelte ich herum, versuchte mich aus dem eisernen Griff der Hand zu befreien. Da spürte ich, wie die Hand noch fester zupackte und eine Stimme zu sprechen begann, doch ich verstand kein Wort. Ich schaffte es, mich umzudrehen, worauf ich in Lucs überraschtes Gesicht blickte. Stille. Ich hatte das Gefühl, die Luft um mich herum würde vibrieren. Keuchend stand ich vor meinem Freund und begriff noch immer nicht, was gerade passierte.

„Amélie?"

Es war Luc, der die Stille brach. „Was hast du?"

Ich antwortete nicht, sondern starrte weiter in seine tiefblauen Augen. Mein ganzer Körper bebte.

„Ich...", hörte ich meine Stimme krächzen. Meine Kehle fühlte sich trocken an.

„Ich wollte dich heute mit einem spontanen Besuch überraschen und die Tür stand offen und..." Luc strich sich durch sein Haar und trat verlegen von einem Fuss auf den anderen. Es tat ihm sichtlich leid, mir so einen Schrecken eingejagt zu haben.

„Warst du die Gestalt in meinem Zimmer?" Es fühlte sich an, als würde jemand anders in mir sprechen.

„Ich bin erst gerade reingekommen, wie sollte ich..."

„Es ist jemand oben", unterbrach ich ihn flüsternd und deutete mit dem Kinn zur Zimmerdecke. Luc blickte mich verwirrt an. Er wollte gerade etwas erwidern, als er die eiserne Angst in meinen Augen entdeckte. Er hielt inne.

„Dann werde ich mal nachsehen." Mit diesen Worten ging er mit entschlossener Miene zur Treppe, stieg die Stufen zu meinem Zimmer hoch. Ich hielt den Atem an. Stille. Es kam mir wie eine Ewigkeit vor, bis Luc endlich wieder am oberen Treppenabsatz erschien. Sein Gesicht war zu einem breiten Lachen verzogen.

„Da ist niemand!", meinte er und kam die Treppe, immer zwei Stufen auf einmal nehmend, wieder hinunter.

„Aber ich habe an meinem Fenster eine dunkle Gestalt gesehen!", erwiderte ich. „Ich bin mir absolut sicher!" Dennoch wich die Angst langsam aus meinem Körper und meine Glieder fühlten sich auf einmal extrem schwer an.

Luc machte einen Schritt auf mich zu und schlang seine starken Arme um mich. Ich rührte mich nicht.

„Jedenfalls ist jetzt niemand mehr oben", versuchte er mich zu beruhigen. Ich wusste nicht, ob ich erleichtert oder wütend sein sollte. Ich war überzeugt, dass ich jemanden an meinem Fenster gesehen hatte.

„Vielleicht haben dir die Dämmerung und das grelle Licht der Strassenlaterne einen Streich gespielt", flüsterte Luc und drückte mir einen Kuss auf mein schwarzes Haar.

Gelangweilt zappte ich durch die Fernsehkanäle und gähnte herzhaft. Ausser lahmen Talkshows und Reality-Sendungen lief so gut wie nichts. Die Standuhr schlug bereits zehn Uhr. Ich schlang die Wolldecke enger um mich, das gab mir das Gefühl von Geborgenheit. Ich hatte Luc nach Hause geschickt. Ich konnte seine Anwesenheit nicht ertragen, denn ich ärgerte mich noch immer, dass ich so panisch reagiert hatte. Das war sonst überhaupt nicht meine Art. Ich war eher ein gelassener Mensch, denn ich kannte keine Probleme. Es war alles so einfach in meinem Leben, schon fast ein Kinderspiel. Ich hörte, wie der Schlüssel im Schloss umgedreht wurde und Schritte im Flur ertönten. Dumpfe Schritte. Das musste Dad sein, denn meine Mutter ging selten mit Schuhen, deren Absätze weniger als zehn Zentimeter betrugen.

„Hallo, Prinzessin." Mein Vater strich mir mit seiner Hand über den Kopf, als er an der Couch vorbeiging. Ein Gemisch aus Rasierwasser und Desinfektionsmittel stieg mir in die Nase.

„Hi, Daddy", säuselte ich mit einem zuckersüssen Lächeln auf den Lippen. Es gefiel mir, wie mein Vater mit mir umging und mich mit Kosenamen ansprach. Das erinnerte mich immer an mein beneidenswertes Leben.

„Wo ist Emma?", fragte er und legte die Schlüssel und seinen Aktenkoffer auf den Küchentisch. Seufzend wischte er sich über die Stirne. Ihn bedrückte etwas, das merkte ich augenblicklich.

„Sie ist in ihrem Zimmer", antwortete ich. „Ich glaube, sie lernt für die Prüfung."

Mein Vater schwieg. Ich musterte ihn. Er trug einen massgeschneiderten Designeranzug, eine purpurfarbene Krawatte, dazu teure Lackschuhe. Trotz den silbernen Strähnen in seinem dunklen Haar sah er nicht älter als 45 aus. Nur die steile Falte auf seiner Stirn verriet, dass er nicht so unbeschwert wie sonst war.

„Was hast du, Daddy?", brach ich die Stille. Er räusperte sich und schien zu überlegen.

„Lass uns nicht über Probleme reden, Amélie." Dad schenkte mir ein müdes Lächeln und setzte sich neben mich auf die Couch. „Ich habe ja noch dich, meine Prinzessin. Du kannst dir nicht vorstellen, wie stolz ich auf dich bin. Gerade heute habe ich von dir in der Klinik erzählt."

„Ach ja?" Ich wurde neugierig. Dad faltete seine Hände. Seine Stirnfalte war mittlerweile wieder verschwunden.

„In der Mittagspause sass ich mit einigen Chirurgen am Tisch. Sie erzählten von ihren Söhnen und Töchtern."

Dad machte eine Pause und blickte mir in die Augen. „Im Gegensatz zu den andern konnte ich von dir im Präsens sprechen – ich brauchte keine Zukunftsform, um mit dir als meine Tochter zu prahlen." Seine grauen Augen begannen fröhlich zu blitzen, als er mich jetzt so ansah. Ich lachte.

„Übertreiben gehört wohl zu deinen Stärken", kicherte ich.

Schritte ertönten auf der Treppe, worauf Emma das Wohnzimmer betrat.

„Hi, Vater", sagte sie, ohne ihn auch nur anzusehen. Sie ging an uns vorbei, in den Flur.

„Warte mal, Emma!"

„Was ist denn?", fragte meine Schwester genervt und obwohl ich sie nicht sehen konnte, sah ich sie bildlich vor mir, wie sie gerade ihre Augen gen Himmel schlug, während sie in ihre altmodischen Stiefel schlüpfte.

„Wir müssen uns über dein Studium unterhalten, Fräulein!" Vaters Stimme klang ernst und entschlossen. Auf seiner Stirn bildete sich wieder die steile Falte. Ich ahnte, dass das Theater nun wieder losgehen würde und beschloss, mich schnellstmöglich aus dem Staub zu machen.

Als ich die Tür zu meinem Zimmer hinter mir schloss, vernahm ich die hitzigen Stimmen von Vater und Emma nur noch gedämpft. Meine vollen Lippen verzogen sich zu einem zufriedenen Lächeln. Es gefiel mir, die „Lieblingstochter" zu sein und ich hätte alles dafür getan, um diesen Titel zu verteidigen. Ich setzte mich an den Schreibtisch und startete meinen Computer auf, worauf die glockenähnliche Melodie von Windows ertönte. Ich musste eine Arbeit für die Schule fertigschreiben. Schon einige Minuten später flogen meine Finger über die Tastatur meines Computers. Unterdessen war unten wieder Stille eingekehrt. Emma hatte sich mit einem lautstarken Türknallen verabschiedet und Vater schien darauf ins Bett gegangen zu sein. Die Wörter auf dem Bildschirm vermehrten sich sekundenschnell und je länger ich wie gebannt in die Flimmerkiste starrte, desto stärker hatte ich das Gefühl, der Text würde ins Unendliche wachsen.

„Das Fass sollte nicht geöffnet werden."

Meine Finger hielten augenblicklich inne. Stille. Ich rieb meine Augen, worauf die Buchstaben auf der weissen Fläche zu verschwimmen begannen. Hatte gerade jemand gesprochen? Von einem Fass? Stille.

„Nein, nicht geöffnet das Fass! Morgen im Krankenhaus an der nächsten Ecke", sprach die hölzerne Stimme weiter. Ich erstarrte. Sie hörte sich so unglaublich nahe an. Mein Blick schweifte durchs Zimmer. Ich war alleine.

„Emma? Bist du das?", fragte ich leise in den Raum.

„Schau an, diese Pappnase! Schrecklich. Schrecklich. Gänsefüsse!" Eine zweite Stimme begann zu sprechen. Sie hörte sich wie die einer Trickfilmfigur an. Ironisch. Überspitzt. Ich vergass meine Angst und plötzlich war mir zum Lachen zu mute. So etwas Dummes! Jetzt hörte ich bereits Stimmen! Ich kicherte. Ich musste wirklich stark überarbeitet sein.

„So eine Pflaume!"

„Du und ich – Pappnasen gehen ins Kino, nie alleine. Irrsinn! Irrsinn!"

„Hast du sonst noch ein Problem, Amélie? Ich helfen will. Will helfen! …meine ich."

„Du bist die Allerletzte! Schau dich an! Hast du keinen Spiegel im Kopf?!"

„Das Fass sollte jetzt geöffnet werden!"

„Irrsinn! Irrsinn!"

„Hörst du mich, Amélie? Hallo? Hörst du mich?"

„Morgen gehe ich in den Laden, nein in den anderen, und ich kaufe Blumentopferde, jawohl!"

„Eine Pfeife!"

Immer mehr verschiedene Stimmen begannen zu plappern. Eine sprach nach der anderen. Alle gleich laut. Wie gefesselt sass ich auf dem Stuhl und lachte zwischendurch immer wieder auf. Es war besser als Theater. Das Zimmer begann sich langsam zu drehen.

„Ich hasse dich! Schau dich an, du Pflaume!" Diese Stimme hob sich von den anderen Stimmen deutlich ab. Sie war eindringlicher als die anderen und schien direkt an meinem Ohr zu sprechen. Ihre beleidigenden Worte drangen in mich ein und füllten meinen Körper komplett aus, immer mehr, immer mehr. Bis ich glaubte, nichts anderes mehr zu sein.

„Pappnase!"

KAPITEL 4

Es regnete. Die Tropfen prasselten gleichmässig auf die Windschutzscheibe meines Toyotas, wo sie sogleich zu einem dichten Wasservorhang verschmolzen. Ich warf einen Blick in den Rückspiegel, um meinen Lippenstift nochmals zu prüfen. Emma brauchte aber auch immer eine Ewigkeit. Sie sollte schon längst hier sein. Nervös trommelte ich mit meinen Fingern auf das Lenkrad und sah dem Regen zu. Meine Gedanken kreisten um gestern Nacht. Diese Stimmen. Diese eigenartigen Stimmen. So amüsiert hatte ich mich schon lange nicht mehr. Es waren mindestens sieben verschiedene. Und was sie alles für lustige Dinge erzählt hatten. Von einem Fass und einem Krankenhaus war die Rede. Für mich hatten die einzelnen Satzfragmente und Wörter eindeutig einen Sinn ergeben, doch ich war mir nicht sicher, ob jemand anders das auch verstanden hätte... Je länger ich jetzt dieses ungewöhnliche Schauspiel vor meinem inneren Auge rekonstruierte, desto mehr begann ich an mir zu zweifeln.

„Ich muss wirklich überarbeitet sein, dass ich bereits Stimmen in meinem Kopf höre", sagte ich laut. Ich kicherte, um der Situation die Ernsthaftigkeit zu nehmen. Vielleicht sollte ich mir mal eine Auszeit gönnen.

Ich zuckte zusammen, als plötzlich die Wagentür aufging und Emma ins Auto sprang. Sie schien das Wetter von draussen förmlich mit ins Auto genommen zu haben.

Auf dem Beifahrersitz bildete sich eine kleine Pfütze. Sie grinste mich verschmitzt an und ihre Augen funkelten unter einigen ihrer Haarsträhnen hervor. Regenwasser rann ihr den Schläfen entlang und tropfte schliesslich auf die olivgrüne Regenjacke, die sie trug. Die Farbe liess sie hässlich aussehen. Den braunen Bob hatte sie unter ihrer Mütze versteckt.

„Was für ein Wetter!" Emma trocknete sich die Hände an ihrer Jeans und griff nach der Sicherheitsgurte, um sich anzuschnallen. Ich antwortete nicht. Der Motor heulte auf, als ich den Schlüssel im Zündschloss umdrehte, und die Scheibenwischer, die auf höchster Stufe liefen, begannen das Regenwasser zur Seite zu schieben. Ich lenkte den Wagen in eine Seitengasse, dann bogen wir auf die Hauptstrasse ab. Emmas Finger spielten an den Radioknöpfen herum, während sie die Melodie von *Yellow Submarine* von den Beatles pfiff. Meine Schwester war nach dem Ballettunterricht immer extrem aufgekratzt. Das lag bestimmt an der Überdosis Rüschen und Spitzen, dachte ich sarkastisch.

Zu Hause angekommen ging ich in mein Zimmer. Ich machte kein Licht, denn ich mochte diese Atmosphäre bei Regenwetter, wenn sich über alles ein grauer Schleier legte. Die nun bleifarbenen Gegenstände verloren ihren Glanz, das Leben in ihnen erlosch. Das gefiel mir. Ich setzte mich an meine Schminkkommode, deren weisse Oberfläche an vielen Stellen mit aufwändigen Schnörkeln verziert war. Ich richtete mich möglichst gerade, zog die Schultern zurück, und betrachtete mein Bild in dem oval geformten Spiegel. Mein schwarzes Haar fiel in grossen Locken über meine Schultern, meine Augenbrauen waren perfekt geformt, die Augen hatte ich mit dunklen Farbtönen hervorgehoben und auf meinen vollen Lippen trug ich einen purpurfarbenen Lippenstift. In diesem Spiegel gefiel ich mir immer am besten.

Ich beschloss, in meiner Sammlung von Kosmetikprodukten ein wenig Ordnung zu schaffen. Also zog ich die oberste Schublade der Kommode an ihrem metallenen Griff heraus und räumte ihren gesamten Inhalt auf die Tischplatte vor mir. Das Weiss des Tischchens verschwand unter diversen Mascaras, Nagellackfläschchen, Parfumflakons, Lippenstiften, Haarbändern und Puderdöschen. Seufzend klemmte ich mir eine Haarsträhne hinters Ohr, die sich aber gleich wieder selbständig machte und mir ins Gesicht fiel. Ich schob den Berg ein Stück zur Seite und begann dann meine Nagellackfläschchen – nach Farben sortiert – in ein Kästchen einzuräumen. Zitrone, orange, apricot, rosé, pink, kirsche, bordeaux, lila, navy, anthrazit. Die Aufräumerei versetzte mich in eine fröhliche Stimmung. Ich sang leise vor mich hin.

Gerade als ich nach weiteren Farben greifen wollte, fiel mein Blick in den Spiegel – worauf ich schreiend eines der gläsernen Fläschchen fallen liess, das auf dem Parkettboden in unzählige Scherben zersprang.

Alles in meinem Körper zog sich zusammen. Mein Herz schlug mir bis zum Hals und ich bekam fast keine Luft. Mit weit aufgerissenen Augen starrte ich auf die gläserne Oberfläche. Ich konnte nicht fassen, was ich da sah. Ich bin verrückt, ich bin komplett verrückt, schoss es mir durch den Kopf. Im Spiegel sah ich neben meinem Kopf ein Mädchen. Sie stand an der Wand, direkt hinter mir und regte sich nicht. Ich sprang von meinem Stuhl, worauf dieser zu Boden krachte und wirbelte umher. Jetzt stand mir das Mädchen direkt gegenüber. Schwer keuchend presste ich mich gegen die Schminkkommode. Alles an mir zitterte. Dicht an die Wand gedrückt, stand sie vor mir. Sie starrte mich mit ihren gläsernen Augen an. Eine Leere, eine unglaubliche Leere in den Augen – wie bei einer Porzellanpuppe. Ihre hohen Gesichtsknochen standen spitz hervor, die Wangen waren eingefallen, was sie scheusslich aussehen liess. Die blonden Haare reichten ihr bis fast zur Hüfte. Mein Griff um die hölzerne Tischplatte der Kommode wurde eiserner, bis meine Knöchel weiss heraustraten. Ihr gesamter Körper war dürr, Beine und Arme wie Stecken. Dann bewegte sie sich. Ihre Hände schlossen sich zu Fäusten, sodass sich die langen Fingernägel in ihre Haut bohrten. Ich konnte meinen Blick nicht von ihr lösen. Entsetzt betrachtete ich, wie ihre Krallen immer weiter in ihr Fleisch vordrangen. Ich glaubte, den Schmerz an meinen eigenen Händen zu spüren. Das Mädchen liess ihren Kopf in den Nacken fallen und brach in markerschütterndes Gelächter aus. Ihren Mund hatte sie dabei weit aufgerissen, sodass ihre Lippen die Zähne entblössten. Schweissperlen rannen mir die Schläfen entlang. Was ging hier vor sich? Was wurde mit mir gespielt? Alles um mich herum begann sich zu drehen. Mir wurde schlecht. Meine Beine wurden unglaublich schwer, das Zimmer drehte sich immer schneller und schneller. Verzweifelt rang ich nach Luft, röchelte, hustete. Dann wurde mir schwarz vor Augen, als hätte jemand mein Licht ausgemacht. Ich hörte noch immer das schallende Lachen des Mädchens, während ich mit einem dumpfen Ton auf dem Boden aufschlug.

KAPITEL 5

„Amélie?"

Mein Kopf schmerzte.

„Hallo, Amélie?"

Ich vernahm die Stimme nur vage, und ich war mir nicht sicher, ob sie mit mir sprach, ob ich gemeint war. Sie hörte sich so weit weg an. Langsam öffnete ich die Augen. Alles war wie verschleiert. Verschwommen nahm ich Emmas Gesicht über mir war. Ich blinzelte.

„Amélie! Was ist denn passiert?!"

„Ich...", krächzte ich, hielt dann aber wieder inne und starrte ins Leere.

„Nun sag schon!" Emma kniete neben mir auf dem Fussboden und machte ein besorgtes Gesicht. Ich wusste selbst nicht, wo ich beginnen sollte. Ich richtete mich auf und liess meinen Blick durchs Zimmer schweifen. Das Beste wäre, wenn ich gar nicht begänne. Das zerbrochene Nagellackfläschchen lag noch immer auf dem Boden. Die dunkelviolette, fast schwarze Farbe bildete einen trüben Fleck auf dem Parkett. Das Mädchen war verschwunden.

„Du blutest ja am Kopf!" Als Emma sich meine Wunde genauer ansehen wollte, hob ich meinen Ellbogen schützend vor mein Gesicht.

„Lass mich..." Ich stand auf und taumelte sogleich zur Seite, konnte mich aber gerade noch an der Schminkkommode festhalten. Emma öffnete ihren Mund, um etwas zu erwidern.

„Lass mich in Ruhe!" Ich setzte mich aufs Bett und starrte abwesend ins Leere. „Lass mich einfach in Ruhe." Meine Stimme klang überraschend entschlossen. Ich wollte alleine sein.

Kopfschüttelnd stand Emma auf, verliess dann aber doch mein Zimmer. Ich spürte den Puls in meinem Kopf pochen.

„Es ist nichts passiert!", rief ich Emma nach. Stille. Ich war nicht sicher, ob mich meine Schwester gehört hatte, doch es war mir egal. „Es ist nichts passiert", wiederholte ich die Worte leise für mich. „Nichts passiert." Ich griff nach meiner Wunde, worauf sich ein stechender Schmerz in meinem Schädel breit machte. „Nichts passiert."

Das Prüfungsblatt vor mir war noch immer leer. Strahlend weiss. Obwohl schon die erste Viertelstunde um war. Ich kaute nervös an meinen Fingernägeln und blickte in die Klasse. So fühlte es sich also an, wenn man keine Ahnung hatte. Alle waren eifrig über ihre Pulte gebeugt und kritzelten wie wild ihre Antworten und Lösungsvorschläge auf den Bogen – nur ich nicht. Es war das erste Mal in meiner Schulzeit, dass ich unvorbereitet an eine Prüfung ging. Ich *konnte* gestern einfach nicht lernen. Meine Konzentration, die mich gewöhnlich nie im Stich liess, war nach dem gestrigen Vorfall wie vom

Erdboden verschluckt. Und nun sass ich hier und wusste nicht einmal, worum es im Wesentlichen ging.

Ich hatte keine Ahnung, wo ich beginnen sollte. Aufgabe 7? Oder doch besser die 2? Ich seufzte und trommelte mit den Fingern auf der Tischplatte. Weitere Minuten waren verstrichen, ohne dass ich etwas geschrieben hatte. Dann beschloss ich, einfach anzufangen, auch wenn ich keine Ahnung hatte. Der Bleistift glitt in meinen Händen über das Prüfungsblatt. Die Linien füllten sich augenblicklich mit Wörtern, das Weiss verschwand unter der aschgrauen Farbe. Ich schrieb und schrieb, plötzlich wusste ich genau, was die richtigen Lösungen waren. Plötzlich sprühte ich von Ideen.

„Noch fünf Minuten bis zur Abgabe", kündigte meine Lehrerin an.

Die letzte Aufgabe! Ohne gross nachzudenken, liess ich den Stift weiter übers Blatt fliegen. Die Schulglocke ertönte, während ich das letzte Wort beendete. Mit einem zufriedenen Lächeln auf den Lippen, hob ich den Prüfungsbogen von der Bank, um den Text nochmals zu überfliegen.

Ich stöhnte auf.

Nein! Das konnte nicht wahr sein! Ich wendete das Blatt, blätterte weiter, doch das Bild änderte sich nicht. Es zog sich über all die Seiten. Ein Wort. JENNY. Mein Text bestand aus einem Wort. Aus einem einzigen Wort – das sich endlos wiederholte. JENNY. JENNY. JEN-

NY... Unaufhörlich. Immer identisch. Wo ich auch hinsah.
JENNY.

    JENNY.

        JENNY.

            JENNY.

Ich wusste nicht, wie mir geschah. Die Wörter schlossen
sich zu einer einzigen Kette, bis ich nur noch graue Balken erkennen konnte. Ich wollte meine Augen schlies-
sen, um diesen Albtraum nicht mehr sehen zu müssen.
JENNY. Doch mein gesamter Körper war wie eingefro-
ren. JENNY. Dann fiel mein Blick auf das letzte Wort:

~~JENNY.~~

„Du bist so still." Luc zog die Augenbrauen hoch und
blickte mich prüfend von der Seite an. Dann lenkte er
seine Aufmerksamkeit wieder auf die Strasse. Ich antwortete nicht, sondern starrte reglos durch die Windschutzscheibe in die Dunkelheit. Die Nacht schien alles
zu verschlucken. Ich blinzelte, doch die Finsternis verschwand nicht.
„Sag doch was!", forderte Luc mich auf und stiess mir
mit seinem Ellbogen leicht in die Rippen. „Das ist doch
sonst nicht deine Art!"
Ich schwieg. Ich kam mir so unglaublich klein vor in diesem Wagen. Die Häuser, die mit rasender Geschwindig-

keit an uns vorbei flogen, ragten wie Riesen in die Höhe. Der wolkenbehangene Himmel über ihnen.

„Amélie?" Lucs Stimme klang nun besorgt. „Liegt es an mir? Bist du nicht mehr glücklich mit mir? Ist es das?" Ich schüttelte den Kopf, ohne ihn anzusehen. Er begriff es nicht. Ich begriff ja selbst nicht, was mit mir los war. Es ging nicht um ihn, es ging um mich, um mich alleine. Die Häuser rasten immer schneller und schneller an uns vorbei, wobei sie sich immer mächtiger über unser Auto zu beugen schienen, als würden sie mich vor etwas warnen wollen.

„Fahr nicht so schnell!", flehte ich leise.

„Aber ich fahre doch gar nicht schnell..."

Ich schloss die Augen, worauf mir schwindelig wurde.

„Bring mich nach Hause."

„Aber wir wollten doch ausgehen?"

„Bitte Luc! Bring mich einfach nach Hause."

„Was hast du denn zum Teufel?", fragte er verärgert. Auf seiner Stirn war eine Zornfalte entstanden. „Was ist bloss los in letzter Zeit, Amélie Sommer?! Wenn ich es nicht bin, was ist es dann?" Stille. Mit quietschenden Reifen lenkte er den Volvo in meine Strasse. Eine Reihe von Laternen bestrahlte den Asphalt mit ihrem gelblichen Licht. Abrupt hielt Luc in unserer Einfahrt. Die Luft im Auto schien zu vibrieren. Ich konnte wegen der herrschenden Dunkelheit aus dem Augenwinkel nur Lucs Umrisse erkennen, doch ich spürte seine Wut.

„Gestern hat mich deine Schwester angerufen."

Überrascht schaute ich ihn an. „Emma?"

„Ja, Emma", bestätigte er. Luc richtete seinen Blick durch die Windschutzscheibe und holte tief Luft, blies sie langsam wieder aus seinem Mund. Der Ärger wich allmählich aus seinem Gesicht und erneute Besorgnis machte sich breit. Seine Finger trommelten auf dem Lenkrad herum.

„Sie glaubt, dass du etwas zu verbergen hast." Luc blinzelte in die Dunkelheit. Ich hatte ihn zuvor noch nie so ernst erlebt. Er griff in seine Jeanstasche und zog eine Zigarette und ein Feuerzeug heraus. Er wusste, dass ich es hasste, wenn er rauchte. Luc klemmte sich den Glimmstängel zwischen die Lippen und zündete ihn an. Der Rauch verliess seine Nase und seinen Mund, tanzte danach in der Luft herum.

„Du ziehst dich zurück. Du redest kaum mehr etwas." Luc blickte mir jetzt direkt in die Augen. „Nimmst du Drogen?"

„Spinnst du?", zischte ich empört. Ich schnaubte.

„Was ist es dann? Hast du einen anderen?"

„Ich will einfach meine Ruhe, das ist alles!", murmelte ich genervt und rollte meine Augen.

„Ist das denn so schwer zu verstehen? Und Emma kann mich mal!" Ich machte meine Sicherheitsgurte los und stieg aus dem Auto. Dann schlug ich die Wagentür hinter mir zu und ging mit schnellen Schritten auf unser Haus zu.

„Es tut mir leid, Amélie!", rief mir Luc nach. Er hatte das Fenster herunter gelassen. „Ich weiss einfach nicht mehr weiter!"

Ich beachtete ihn nicht und ging weiter, ohne mich umzudrehen. Dann hörte ich Lucs Wagen davonrollen.

KAPITEL 6

„Du kannst Schluss machen, Amélie", erlöste mich die
Stimme meines Chefs. Eine schwere Last fiel augenblicklich von mir und mein Körper fühlte sich wieder
leichter an. Schon seit einer Ewigkeit wartete ich auf
diese Worte.

Ich ertrug die Menschen heute Abend kaum. Alles erschien mir so unglaublich laut. Das Klingeln der Kasse,
das Klimpern des Wechselgeldes, das Geplapper der
Menschen in der Warteschlange, die Stimmen der Leute,
die ihre Bestellung aufgaben, das Krachen der Eiswürfel
im Mixer, mein Arbeitskollege, der die Vornamen der
Kunden ausrief, damit diese ihr Getränk abholten. Die
Geräusche vermischten sich zu einem einzigen Schrei,
bis ich das Gefühl hatte, dass meine Seele an diesem
Gekreische teilnahm. Der Lärm drang in mich ein und
frass meine Eingeweide von innen her auf. Vollkommen
ausgelaugt wischte ich mir mit der grünen Starbucks-
Schürze die Schweissperlen von der Stirn.

„Kommst du noch etwas trinken, Amélie?", fragte mich
eine meiner Arbeitskolleginnen, die ebenfalls gerade
Feierabend hatte.

Sie musterte mich verwirrt, als ich ihre Einladung kopfschüttelnd ablehnte, doch sie fragte nicht weiter. Mit
zitternden Knien bahnte ich mir einen Weg an den Ba-
ristas vorbei in die Umkleidekabine. Ich wollte nur noch
weg. Weg von diesem Lärm, weg von diesen vielen Men-

schen. Erschöpft liess ich mich gegenüber meines Spinds auf den Boden sinken. Der gesamte Raum pulsierte – im Takt meines Herzschlags. Stille. Ich fuhr mir mit den Händen durch mein Haar, wischte erneut kalten Schweiss aus meinem Gesicht. Mein Brustkorb hob und senkte sich heftig. Ich zwang mich, ruhiger zu atmen und sagte mir immer wieder, dass ich jetzt alleine war. Alleine für mich. Die Geräusche an der Theke waren jetzt nur noch gedämpft zu hören, als wäre mein Kopf in Watte gepackt worden. Ich spürte, wie sich meine Atmung wieder etwas normalisierte. Ich schloss die Augen und liess meinen Kopf in den Nacken fallen, sodass er leicht an die Betonwand hinter mir angelehnt war. Die Stille umhüllte mich wie ein Schleier und begann mein Inneres zu reinigen. Die Geräusche fanden nach und nach den Weg aus meinem Körper.

Ich beschloss, mich jetzt umzuziehen, damit ich schnell nach Hause kam. Es war ein harter Tag gewesen. Ich stand auf und ging auf meinen Spind zu. Gähnend steckte ich den Schlüssel ins Schloss und drehte ihn um. Mit einem leisen Klicken sprang die Tür auf – worauf ich leichenblass zurücktaumelte.

Ich stolperte über einen kaputten Stuhl, der mitten im Raum stand und stürzte zu Boden. Schnell richtete ich mich wieder auf und starrte das Mädchen an, das jetzt aus meinem Spind stieg und mich mit blitzenden Augen ansah. Der Triumph über die gewonnene Freiheit war ihr ins Gesicht geschrieben – und ich war schuld daran.

Ich war es, die sie frei gelassen hatte. Ich stöhnte auf. Das konnte nicht wahr sein! Panisch drückte ich mich gegen die Wand hinter mir, mit der Hoffnung, dass diese nachgab und ich so aus ihren Fängen entkommen konnte. Ich schrie nicht. Der Schreck hatte mich gelähmt. Mein gesamter Körper war versteinert. Selbst die Funktionen meiner inneren Organe schienen abgerissen zu haben. Ich spürte mein Herz nicht mehr! Und meine Beine, meine Arme, meine Hände... Da wurde mir bewusst, dass ich in jeder Hinsicht nichts mehr fühlte. Nichts. Nur meine Augen arbeiteten noch. Machtlos sass ich an die Wand gepresst und beobachtete, wie sie die Tür des Spinds hinter sich schloss und zu kichern begann. Doch es kam kein Ton. Wie bei einem Stummfilm. Ich sah, wie sich ihr Mund und die Gesichtsmuskeln schüttelten; aber ich hörte nichts. Auf den schmalen Lippen war kirschroter Lippenstift aufgetragen, die Haare hatte sie heute mit Hilfe einer roten Schleife zu einem Pferdeschwanz zusammen gebunden. Sie sah mir unverwandt in die Augen. Ihr Blick durchbohrte mein Wesen. Ich spürte, wie mein Inneres zu zerbrechen begann. Das Krachen überflutete das Zimmer, wurde von jeder Wand, die es erreichte, zurückgeworfen, verteilte sich weiter, bis der gesamte Raum davon erfüllt war.

Dann begann mein Körper wieder zu arbeiten, als hätte man einen Computer neu gestartet. Mein Empfinden war wieder da, ich spürte die Kälte der Fliesen unter meinen Händen, das Pochen meines Herzens in der

Brust. Nur wurde ich das Gefühl nicht los, dass ein tiefer Graben, ein Bruch meinen Körper in zwei Hälften teilte.

KAPITEL 7

„Wer bist du?“

„Sag mir du zuerst, wer du bist!“

„Amélie.“

„Amélie?“

„Ja, ich heisse Amélie. Amélie Sommer.“

„Ich bin Jenny!“

„Jenny?“

„Weshalb guckst du so? Das ist doch ein schöner Name, findest du nicht? Findest du nicht, Amélie? Sag schon! Weshalb schaust du denn so merkwürdig? Habe ich dir einen Schrecken eingejagt? Sprich mit mir!“

„Ich glaube, ich träume…“

„Entschuldige mich, dass ich lache, Amélie! Aber du bist witzig!“

„Was machst du hier?“

„Darf ich denn nicht hier sein?“

„Wie bist du in meinen Spind gekommen?“

„Es schien mir ein gemütliches Plätzchen zu sein, da dachte ich…“

„Wer zum Teufel bist du?“

„Das sagte ich doch bereits. Ich bin Jenny. Hörst du mir nicht zu?“

„Du verfolgst mich. Du warst schon in meinem Zimmer, als…“

„Ich verfolge dich nicht. Ich bin nur immer da, wo du auch bist.“

„Was willst du von mir?"

„Mir ist nur langweilig."

„Langweilig?"

„Ja, langweilig. Dann suche ich mir immer eine Freundin."

„Eine Freundin?"

„Ja, eine Freundin. Und dieses Mal, habe ich dich ausgewählt."

„Du kannst mich nicht einfach auswählen und in unser Haus einbrechen, dich in meinem Spind verstecken."

„Du hast ja gesehen, dass es geht. Woran zweifelst du noch?"

„Ich kenne dich nicht einmal."

„Dann lernen wir uns eben kennen, Amélie."

„Ich will dich aber nicht kennen lernen…"

„Ich mag deine Haare! Du hast so schön kräftiges Haar, Amélie. Schwarz. Schwarz wie die Nacht – und trotzdem glänzt es. Ich könnte auch sagen dunkel – dunkel wie der Tod."

„Du bist mir unheimlich…"

„Unheimlich? Weshalb denn unheimlich?"

„Deine Augen… "

„Was ist mit meinen Augen, Amélie? Sag's mir! Wie sehen sie aus?"

„Dämonisch."

„Dämonisch? Sehr zutreffend, würde ich sagen. Ich mag dieses Wort. Dämonisch. Entschuldige mein Lachen, Amélie. Aber ich habe mich schon lange nicht mehr so amüsiert, wie mit dir! Ich wusste, dass du die richtige Wahl bist!"

„Geh bitte!"

„Wir haben doch erst begonnen, uns kennen zu lernen. Gib mir eine Chance. Komm schon, Amélie, gib mir eine Chance! Lass dich einfach fallen!"

„Mich fallen lassen?"

„Ja genau, lass dich einfach fallen und vertraue mir. Schliess deine Augen."

„Okay, ich versuch's…"

„So ist es gut. Und jetzt lässt du alles los, alles fallen lassen, bis du leichter wirst. Leicht wie eine Feder. Vertraust du mir?"

„Ja, ich vertraue dir."

„Das wird jetzt ein wenig piksen…"

„Was zum Teufel..?!"

„Schrei nicht! Ich bin schon fertig!"

„Was hast du..?!"

„Ich habe dir mit meinen Fingernägeln meinen Namen auf deinen Unterarm eingeritzt. Ein schöner Name. Jenny. Findest du nicht?"

„Das blutet ja!"

„Jetzt sind wir verbunden. Ich lass dich nicht im Stich, Amélie, hörst du? Ich weiche nicht mehr von der Seite – das verspreche ich dir."

KAPITEL 8

Fröstelnd steckte ich meine Hände in die Manteltaschen und vergrub mein Gesicht bis zur Nasenspitze in meinem Wollschal. Der Wind zerrte mit aller Kraft an den Ästen der Bäume, während goldene und orangefarbene Blätter ihre Pirouetten in der Luft drehten. Luc ging neben mir. Seine eisblauen Augen starrten ins Leere. Ich war mir nicht sicher, ob er sauer auf mich war oder ob er über etwas nachdachte, vielleicht war er aber auch einfach müde. Jedenfalls schwieg er, und nur das Laub, das unter unseren Schuhen krachte, war zu hören. Die Wärme, die Luc normalerweise immer ausstrahlte, war verschwunden. Einfach weg. Stattdessen waren seine Augen mit einer unglaublichen Finsternis gefüllt und sein Gesicht war starr, wie aus Stein gemeisselt. Ich verspürte den Wunsch, nach seiner Hand zu greifen, seine von der Kälte rau gewordenen Finger zu spüren. Doch ich traute mich nicht.

Seit einigen Wochen herrschte in meiner Seele eine unglaubliche Leere. Die Einsamkeit frass mich beinahe auf. Und trotzdem ertrug ich die Menschen nicht – weder meine Familie und Freunde, noch Fremde. Ihre Stimmen, wenn sie mit mir sprachen, ihre Berührungen, wenn sie mich begrüssten, ihre Gerüche der aufgetragenen Parfums, ihre Blicke, wenn sie mich von oben bis unten musterten – all dies drang in mich ein, durchbohrte meine Haut und nistete sich in meinem hohlen Körper ein. Ich ertrug dieses Gefühl nicht. Ich glaubte dann immer, zu ersticken und die Kontrolle über mich zu verlieren, denn dann waren die Eindringlinge an der Macht. Ich blies die kalte Luft aus meinem Mund, worauf sich kleine Wolken bildeten, die aber sogleich wieder vergingen. Der dichte Nebel glich einer Betonwand, die vor uns in den Himmel ragte. Ich fühlte mich in dieser riesigen Welt auf einmal verloren. Immer häufiger passierte es, dass ich nicht mehr wusste, wo oben und unten war, als wäre mir der Boden unter den Füssen weg gezogen worden. Alles war grau. Aschgrau.

„Hast du den Schlüssel?"

Lucs Stimme riss mich abrupt aus meinen Gedanken. Verwirrt stellte ich fest, dass wir bereits vor meiner Haustür standen.

„Emma ist zu Hause", murmelte ich leise und drückte die Türklinke hinunter. Erleichtert, endlich daheim zu sein, liess ich die Tür hinter uns ins Schloss fallen und drückte mich für einen Moment gegen sie, um sicher zu stellen, dass sie auch ja zu war. Die Wärme, die mir entgegenschlug, erfüllte mein Gesicht mit einem leichten Kribbeln. Erst jetzt bemerkte ich, dass mich mein Atem stossweise verliess und meine Hände zitterten. Doch allmählich beruhigte ich mich wieder. Unser Haus war der einzige Ort, an dem ich mich sicher fühlte. Abgeschirmt von der Aussenwelt waren die Attacken von Umwelteinflüssen weniger. Die Gerüche und Geräusche waren mir vertraut.

Mit langsamen Schritten ging ich auf die Treppe zu. Emma sass im Wohnzimmer auf der Couch und sah fern. „Geh schon mal hoch, Amélie!", sagte Luc. „Ich muss deiner Schwester noch ihr Mathebuch zurückgeben, das ich mir für die letzte Klausur geliehen habe."

Ohne ihn anzusehen stieg ich die Stufen zu meinem Zimmer hoch. Es war mir ganz recht, für einen Moment alleine zu sein. Ich warf mich auf mein Bett und starrte an die weisse Zimmerdecke. Stille. Die Bettwäsche fühlte sich auf meiner Haut angenehm kühl an. Die grosse Standuhr im Wohnzimmer schlug drei Uhr nachmittags.

„Wo warst du bloss?!"

Erschrocken zuckte ich zusammen und richtete mich wieder auf.

„Ich warte schon den ganzen Tag auf dich! Und du schleichst dich einfach in dein Zimmer, ohne mir Beachtung zu schenken!"

Verblüfft musterte ich Jenny, die vor mir im Schneidersitz auf dem Fussboden hockte und mich mit ihrem teuflischen Lächeln ansah.

„Wie war die Schule?" Die Frage klang so, als würde sie jeden Tag in diesem Zimmer auf meine Rückkehr warten. Das Mädchen sprang auf ihre Füsse und schwang sich neben mich aufs Bett.

„Was tust du hier?", fragte ich. Die Unsicherheit war meiner Stimme anzuhören.

„Jetzt schau doch nicht so erschrocken!", kicherte Jenny. Sie schlang ihre Arme um meinen Körper und drückte mich an sich. Erschrocken über die Kraft, die sie hatte, versuchte ich, mich von ihr loszumachen, doch da drückte sie nur noch stärker zu. Verzweifelt griff ich nach ihren Armen und begann an ihnen zu reissen, doch der Druck auf meine Brust wurde immer stärker und stärker, bis ich fast keine Luft mehr bekam und immer panischer an ihren Armen zerrte.

„Lass mich los!"

Endlich begann sich Jennys Griff zu lockern – sie liess ab. Atemringend blickte ich sie an, doch alles, was ich sah, waren zwei vor Freude aufblitzende Augen und das sonst so fahle Gesicht, welches zu einem Lachen verzogen war. Aufgeregt zwirbelte sie sich durch das dürre Haar und stiess ein etwas zu lautes Lachen aus. Ich spürte, wie ich, ohne dass ich es wollte, ebenfalls zu lächeln begann.

Zum ersten Mal sah ich diesen Menschen, der mich bis jetzt immer in Angst und Schrecken versetzt hatte, nicht mehr als abscheuliche und angsteinflössende Kreatur. Es kam mir vor, als hätten sich die Wolken gelichtet und als wäre meine Sicht nun klar. Kristallklar. Ihre anfänglich leblos erscheinenden Augen glichen nun einem Paar Glaskugeln, die ununterbrochen in Bewegung waren und mich aufmerksam musterten. Schlagartig sah ich Jenny mit anderen Augen. Sie war nicht mehr die Figur aus dem Horrorkabinett. Viel mehr sah ich in ihr ein aufgestelltes Mädchen, welches nur so vor Energie und Lebenslust sprühte. Meine Augen verfolgten jede ihrer Bewegungen und hingen an ihren Lippen, wenn sie sprach. Ich glaubte, ihre Gedanken lesen zu können, alles ergab auf einmal einen Sinn, Unerklärliches verknüpfte sich. Wenn sie ihren Mund öffnete, um etwas zu sagen, glaubten ich ihr jedes Wort, bevor sie es überhaupt aussprach. Ich fühlte ihre warme Haut, ohne sie zu berühren, ich roch ihr Parfum, ohne es einzuatmen, ich hörte ihre Stimme, ohne ihre Worte zu vernehmen. Sie war wunderschön. Ihre schmalen Lippen waren mit einem blutfarbenen Lippenstift nachgezogen worden, die aschblonden Haare trug sie offen, sodass sie ihr in voller Länge über die Schultern fielen und ihrem dünnen Körper entlang glitten. Auch die Arme und Beine erschienen mir nicht mehr ganz so dürr.

Ich fragte mich, wie alt sie war. Der kindliche Charme, den Jenny ausstrahlte, liess sie vermutlich jünger aussehen. Ich schätzte sie um die zwanzig, vielleicht war sie aber auch etwas älter.

„Und, was machen wir jetzt?" Jenny schaute mich erwartungsvoll an.

Als ich nicht gleich antwortete, sondern sie immer noch wie gebannt anstarrte, sprang sie vom Bett und tanzte durch mein Zimmer, sodass bei den Pirouetten, die sie drehte, ihr violetter Schaal herumwirbelte. Während ich genauer hinsah, glaubte ich, die Luft würde von lilafarbenem Glitzerstaub erfüllt.

„Na komm schon!" Jenny streckte ihren Arm nach mir aus. „Lass uns ein wenig Spass haben!"

Ich nahm die Aufforderung an und griff nach ihrer Hand. Unsere Finger verkeilten sich ineinander und wir drehten im Kreis, wie ich es immer mit meinen Freundinnen auf dem Schulhof getan hatte, als wir noch Kinder waren. Das Zimmer flog an uns vorbei – immer schneller und schneller, bis alles um uns verschwamm und die Gegenstände sich zu bunten Streifen schlossen. Nur Jennys Gesicht, die geröteten Wangen und das Strahlen in den Augen sah ich gestochen scharf vor mir. Sie liess ihren Kopf in den Nacken fallen und stiess ein hysterisches Lachen aus. Das Kichern erfüllte den gesamten Raum, schien von jeder Wand abzuprallen und zurückgeworfen zu werden. Unsere Haare flogen durch die Luft, schlugen in unsere Gesichter. Ich lachte. Lachte laut. Vergass alles um mich. Vergass meine Probleme. Vergass, dass Luc schon längst hier sein sollte. Alles drehte sich.

Plötzlich liess Jenny los.

Da ich den Schwung nicht so schnell abbremsen konnte, taumelte ich nach hinten, stolperte, suchte vergeblich nach Halt und landete schliesslich auf dem Fussboden. Entgeistert blickte ich Jenny an, die sich gerade noch auffangen konnte, jetzt gekrümmt vor Lachen in der gegenüberliegenden Zimmerecke stand. Sie ist wie ein Kind, schoss es mir durch den Kopf. Der Raum drehte sich weiter um mich herum.

„Immer das Gleichgewicht halten, Amélie Sommer!" Sie reichte mir ihre Hand, um mich wieder auf die Füsse zu ziehen. Ihre langen Fingernägel gruben sich dabei in meine Haut und ihre Hände fühlten sich eiskalt an, als würde in ihr kein Leben mehr brennen. Erschrocken wich ich zurück und befreite mich aus ihrem Griff.

Da fiel mir plötzlich Luc ein. Ich fragte mich, wo er bloss blieb. Jenny, die meinen nachdenklichen Blick bemerkt hatte, zog mich an sich, um mir etwas ins Ohr zu flüstern. Ihr heisser Atem brannte auf meiner nackten Haut. Doch bevor sie etwas sagen konnte, stiess ich sie von mir.

„Ich muss nach meinem Freund sehen", murmelte ich und öffnete die Zimmertür. Auf dem Flur ging ich auf Zehenspitzen zum obersten Treppenabsatz, ohne zu begreifen, weshalb ich mir Mühe gab, möglichst leise zu sein. Im gesamten Haus herrschte Stille, was mich noch mehr beunruhigte. Hätte ich nicht wenigstes ihre Stimmen hören müssen? Das graue Licht von draussen strömte durch die Fenster und erfüllte den Gang, erlosch das Leben in ihm. An der Treppe angelangt, kniete ich mich vorsichtig auf den Fussboden und lugte um die Ecke ins Wohnzimmer. Was ich sah, verschlug mir den Atem. Mein Körper wurde augenblicklich von einer Hitzewelle erfasst. Nein. Nein. Das konnte nicht sein. Das konnte einfach nicht wahr sein. Nein! Nein! Nein!

Ich sah wie Emma und Luc dicht aneinander auf der Couch sassen, das Gesicht meiner Schwester hielt er in seinen Händen und seinen Kopf hatte er nach vorne gebeugt, um sie erneut zu küssen. Ihre Lippen berührten sich. Wie versteinert hockte ich am oberen Ende der Treppe und war nicht in der Lage, zu realisieren, was ich gerade sah. In meinem Kopf herrschte ein unglaubliches Chaos. Tausend Gedanken schossen wild durcheinander – alle gleichzeitig, und doch sah ich jeden einzelnen gestochen scharf. Bilder blitzten vor meinem inneren Auge auf. Gefühle der Enttäuschung, der Wut, der Trauer, der Eifersucht und das Verlangen nach Rache brodelten in mir, versuchten sich einen Weg aus meinem Körper zu bahnen, auszubrechen. Es konnte nicht wahr sein. Emma und Luc. Luc und Emma. Mein Schwester mit meinem Freund. Fassungslos presste ich meine Hände gegen meinen Mund und konnte den Blick nicht von dem Schauspiel lösen. Der Teil in meinem Herzen, der noch fühlen konnte, dieser kleine Teil, der von der Leere noch nicht erreicht worden war, wurde jetzt von zwei eisernen Händen ergriffen, die mit all ihrer Kraft zudrückten und mein Herz auswrangen, sodass der Schmerz von der Brust in meine Arme und Beine strahlte und schliesslich meinen gesamten Körper erfassten. Da spürte ich wieder ihren heissen Atem an meinem Ohr. Sie musste mir auf den Flur gefolgt sein.

„Ich lasse dich nicht im Stich, Amélie", flüsterte ihre heisere Stimme. Mein Körper würde augenblicklich von einem kalten Schauer erfasst.

„Ich verlasse dich nicht. Das verspreche ich dir. Du musst wissen, auf mich kannst du immer zählen. Immer, Amélie. Ich halte mein Wort. Ich bin keine Verräterin.

Schau dir die beiden nur an. Soll sich diese Schlange wirklich deine Schwester nennen dürfen? Wie verlogen sie doch ist! Meiner Meinung nach. Sie hat die ganze Zeit nur auf diesen Moment gewartet, auf diesen einen Moment, in dem du einmal unachtsam bist. Werde dir dessen bewusst! Ohne zu zögern hat sie sich auf ihre Beute gestürzt und verschlingt sie gewissenlos. Sieh dir nur ihre Augen an! Diese bösen Augen! Sie hat keinen einzigen Gedanken an dich verschwendet, Amélie. Du bist ein Niemand für sie. Ein Niemand. Und jetzt schau dir Luc an. Luc der Junge, der die Ehre hatte, sich dein Freund nennen zu dürfen. Kaum hast du dich umgedreht, verfällt er deiner Schwester, deiner hässlichen Schwester. Du brauchst ihn nicht, Amélie, du brauchst keinen Verlierer wie ihn. Was willst du noch von ihm? Luc und Emma. Diese bemitleidenswerten Kreaturen. Reine Zeitverschwendung, reine Zeitverschwendung würde ich sagen. Das ist meine Meinung, Amélie. Aber bitte denk daran, dass ich immer für dich da bin, ich lasse dich nicht im Stich, nicht im Stich. Hörst du, Amélie? Niemals. Ich bin immer da für dich. Gib mir deine Hand, Amélie. Wir beide gegen den Rest der Welt. Wir sind verbunden, auf ewig verbunden. Nur wir beide."

Mit einem schrillen Schrei zerriss ich die Stille. Der Ärger kroch aus meiner Brust, meiner Kehle entlang und brach als einziges Gebrüll aus meinem Mund aus. Meine Brust wurde mit einem unglaublichen Schmerz erfüllt und doch spürte ich, wie der Druck augenblicklich von mir abfiel. Mit wutverzerrtem Gesicht stürzte ich die Treppe hinunter und rannte mit ausgestreckten Armen auf die beiden zu. Ich sah ihre erschrockenen Blicke, die Angst in ihren Augen, die Reue in ihren unausgesprochenen Worten. Doch gleichzeitig war mein Blick auf ihre Lippen gerichtet. Die Lippen die sich zuvor gerade noch berührt hatten, die Lippen die sich augenblicklich zu Lügen verziehen würden, wenn ich sie zu Wort kommen liesse. Dieser Gedanke raubte mir meinen Verstand gänzlich und so stürzte ich mich auf Emma. Meine Fingernägel krallten sich in ihre Haut, bis sie vor Schmerz laut aufschrie, meine Hände griffen nach ihren Haaren, zerrten an ihnen, ich packte sie an den Schultern und schüttelte ihren Körper. Die Schreie von Emma und die auf mich einredenden Worte von Jenny und Luc vermischten sich und mutierten zu einem unglaublichen Stimmengewirr. Da spürte ich den harten Griff von Luc, der mich an beiden Armen gepackte hatte und mich mit aller Kraft von meiner Schwester riss. Auch Jenny war dabei, Luc zu helfen. Sie hatte nach meinen Händen gegriffen und hinderte mich, erneut auf meine Schwester einzuschlagen. Mit geballten Fäusten und zitternden Gliedern sass ich auf dem Fussboden, versuchte, mich aus ihren Griffen zu befreien, um Emma erneut anzugreifen. Ich keuchte, rang nach Luft. Meine Schwester kauerte auf der Couch, drückte sich in die Ecke und hielt sich schützend die Arme vors Gesicht.

„Es tut mir so leid, Amélie!", wimmerte sie. „Es tut mir so schrecklich leid! Bitte vergib mir, vergib mir, ich wollte das nicht, du musst mir glauben, ich wollte das nicht!" Ihre Worte drangen kaum zu mir durch, ganz leise und unscheinbar. Die Stimmen von Luc und Jenny vermischten sich miteinander; und mit meinem eigenen hasserfüllten Geschrei. Ich spürte, wie Jenny mir über die Wangen strich und beruhigend auf mich einredete. Doch ich verstand sie nicht. Ich verstand sie nicht, da ich nur Lucs Worte wahrnahm. Lucs Worte, die sich wie ein Dolch in meinem Herzen anfühlten.

„Genau das ist der Grund, weshalb ich das getan habe, Amélie! Genau das ist der Grund!", schrie er mit schriller Stimme. „Du bist unberechenbar geworden! Ich erkenne dich nicht wieder. Wer bist du? Du lebst in deiner eigenen Welt, in deinem einsamen Loch, vegetierst stumm dahin, sprichst nicht mehr mit mir. Sollte ich einfach so weiter machen? Sollte ich genauso werden wie du? Sag's mir, Amélie. Sag's mir!" Sein Griff um meinen Körper wurde stärker und er begann mich nun zu schütteln, als würden die Worte auf diese Weise von selbst aus meinem Mund purzeln. Auf seiner Stirn war eine steile Zornfalte entstanden, seine makellosen Zähne hatte er so stark aufeinander gepresste, dass sich sein gesamtes Gesicht verkrampfte.

KAPITEL 9

„Lass mich los! Lass mich sofort los!", fauchte ich ihn an. Meine Augen funkelten ihn hasserfüllt an. Luc zog ruckartig seine Hände von meinen Schultern, als hätte er sich an ihnen verbrannt. Stille. Die Blicke von Emma, Luc und Jenny – alle waren auf mich gerichtet. Sie warteten alle, was ich nun tun würde, was ich sagte, was nun geschah. Die Luft vibrierte. Es war so still, dass es beinahe schon wieder laut war. Mein Herz raste, doch nach aussen war ich ruhig.

„Komm wir gehen, Jenny", sagte ich leise aber entschlossen und stand auf. Dann machte ich einige Schritte zur Tür und drehte mich nochmals um. „Hier sind mir zu viele Verräter anwesend. Oder siehst du sonst noch jemanden, Jenny? Nichts als Verräter. Verräter. Verräter!" Stille. Es traute sich niemand, etwas zu sagen.

„VERRÄTER!"

Ich fühlte mich gerade unglaublich mächtig – und doch wollte der stechende Schmerz in meiner Brust nicht abreissen.

„VERRÄTER!"

Jenny stand ebenfalls auf, ohne auch nur ein Geräusch zu machen, und kam auf mich zu. Die andern beachteten sie jedoch nicht, sondern starrten weiter in meine Richtung und beobachteten, wie ich meinen Arm ausstreckte, um nach Jennys Hand zu greifen. Ihre Kälte übertrug sich augenblicklich auf mich, worauf ich kurz zusammenzuckte, aber ich liess sie nicht los, umso fester drückte ich ihre Hand. Es tat gut, jemanden zu spüren und zu wissen, nicht alleine zu sein. Als ich nun wieder in Lucs Augen schaute, erkannte ich nichts als Verwunderung.

„Wer ist Jenny?" Besorgnis machte sich nun auf seinem Gesicht breit. „Mit wem redest du, Amélie?"

„Das ist Jenny." Ich deutete mit dem Kinn auf meine Freundin, die jetzt neben mir stand und deren Hand ich noch immer fest drückte. Nun weiteten sich auch Emmas Augen. Sie starrte genau in Jennys Richtung, blickte dann auf unsere Hände, doch schien sie förmlich durch sie hindurch zu blicken. Stille.

„Amélie..." Die Stimme meiner Schwester brach ab, aber sie machte den Anschein, als wollte sie mir etwas Wichtiges mitteilen.

„Was?!", zischte ich genervt. „Wollt ihr mir jetzt auch noch meine Freundin schlecht reden? Reicht es euch nicht, dass ihr mich gnadenlos hintergangen habt? Wollt ihr jetzt wirklich auch noch über Jenny urteilen, über den einzigen Menschen, der noch hinter mir steht, den einzigen Menschen, dem ich immer vertrauen kann? Schämt euch! Schämt euch, ihr Lügner!" Meine Stimme überschlug sich. Dann stürmte ich zur Tür, zog Jenny hinter mir her.

„Amélie, warte!", flehte Emma. „Bitte geh nicht!"

Als ich die Tür bereits geöffnet hatte und mir die kalte Novemberluft entgegenschlug, drehte ich mich noch ein letztes Mal zu Emma und Luc um, die beide aufgestanden waren und mir mit offenen Mündern nachblickten.

„Ihr seid das Letzte!" Meine Lippen bebten. Eine heisse Träne rann mir über die Wange, tropfte von meinem Kinn auf meine Brust. Mit diesen Worten schlug ich die Tür hinter uns zu.

„Ich bin da, Amélie. Ich bin für dich da", hauchte mir Jenny ins Ohr. Sie hatte mich an meinem Arm zurückgezogen, als ich davonlaufen wollte und strich mir nun beruhigend über mein Haar. Ich wusste nicht mehr, wie lange wir dagestanden hatten, auf der Veranda vor unserem Haus, doch irgendwann beruhigte ich mich ein wenig. Ich wischte mir über mein tränenbedecktes Gesicht und ging mit Jenny zu meinem Wagen. Ich liess den Motor aufheulen, worauf wir mit quietschenden Rädern die Strasse hinunter brausten.

KAPITEL 10

„Sag mir, dass das nicht wahr ist!" In den Augen meines Vaters spiegelte sich eine unglaubliche Leere. Seine Nasenflügel weiteten sich.

„Sag mir, dass das nicht wahr ist, Emma!", schrie er meine Schwester nun an, die nervös an ihren Fingernägeln kaute. Er traute sich nicht, in meine Richtung zu schauen. Die Angst vor der Enttäuschung war offensichtlich zu gross. „Sag es!"

„Es tut mir leid Vater, aber ich kann es auch nicht ändern!", wandte Emma ein. „Sieh dir deine Tochter doch mal an! Das ist nicht unsere Amélie! Das ist ein armseliges Überbleibsel von ihr. Sie ist —"

„Was ist sie?", schnitt Vater ihr das Wort ab.

Emma zögerte. Doch entschloss sie sich doch dafür.

„Sie ist krank!"

Noch immer wurde ich nicht beachtet. Ich spielte nur die Rolle des stummen Zuschauers, der das Geschehen von aussen beobachtete. Als sässe ich in einem Theater. Es ging um mich. Dieses Gespräch ging alleine um mich und doch wurde ich nicht miteinbezogen.

„Nein!", brüllte mein Vater. „Nein! Nein! Nein! Nein!" Seine Worte hallten durch den Raum. Jeder seiner Gesichtsmuskeln waren angespannt, sein Kopf war hochrot angelaufen.

„Mach doch endlich die Augen auf, Vater!" Emma war von dem weissen Ledersessel aufgesprungen und baute sich nun vor unserem Vater auf, der neben mir auf der Couch sass. „Merkst du nicht, wie sie sich verändert hat? Oder willst du es einfach nicht begreifen? Vater, sie bildet sich ein Mädchen ein! Ein Mädchen namens Jenny!" Ihr Brustkorb hob und senkte sich hektisch, ihre Lippen bebten.

Ich stiess einen kurzen Schrei aus, als Emma den Namen Jenny erwähnte. Erschrocken drehten Vater und Emma ihre Köpfe in meine Richtung. Ich zitterte. Doch ich war mir nicht sicher, ob es vor Angst, vor Wut oder vor Zweifel an mir selbst war.

„Jenny?" Ich blickte dem Mädchen in die Augen, das mir gegenüber auf dem Couchtisch sass und die Beine über die Tischkante baumeln liess. Ihre Finger spielten mit einer ihrer blonden Haarsträhne. Sie kicherte.

„Jenny", murmelte ich erneut. Es fühlte sich alles unglaublich irreal an. „Jenny. Jenny. Jenny."

„Siehst du? Sag mir nicht, dass das normal ist!" Emmas Stimme drohte zu versagen, als sie diesen Satz aussprach. Sie wirkte mitgenommen.

Mein Vater vergrub das Gesicht in seinen Händen. Mein Herz begann wie wild zu hämmern. Ich hatte ihn enttäuscht, schoss es mir durch den Kopf. Ich hatte ihn enttäuscht. Ihn enttäuscht. ENTTÄUSCHT. ENTTÄUSCHT. ENTTÄUSCHT. Ich wiederholte das Wort immer und immer wieder, wobei sich meine Lippen nur leicht bewegten. Meine Augen starrten dabei ins Leere. ENTTÄUSCHT. ENTTÄUSCHT. Ich hatte meinen Vater enttäuscht, meinen geliebten Vater. Ich wollte ihn stolz machen. Ich wollte ihn um jeden Preis stolz machen. Ich hatte versagt. VERSAGT. VERSAGT. VERSAGT.

„Amélie?" Ich zuckte zusammen. Das erste Mal seit einer guten halben Stunde, wurde ich tatsächlich direkt angesprochen. Ich befreite mich aus meiner Trance und wandte den Kopf in die Richtung meines Vaters, doch ich sagte nichts, blickte ihn nur stumm an.

„Geht's dir gut?" Seine Stimme klang unsicher.

„Ja", antworte ich. Doch dann schüttelte ich langsam den Kopf. Ich zögerte. „Ich mag es nicht, wenn ihr Jenny ignoriert. Sie ist das Einzige, was ich noch habe. Und ihr... Ihr behandelt sie wie Luft!"

Mein Vater seufzte und wandte sich wieder Emma zu. Er sagte etwas mit gedämpfter Stimme, doch ich hörte nicht zu. Ich fühlte mich unglaublich müde und erschöpft.

„Komm Jenny, wir gehen ins Bett!" Ich stand auf und griff nach Jennys Hand, die mir ohne zu zögern die Stufen hoch zu meinem Zimmer folgte. Vater und Emma blickte uns mit grossen Augen nach. Als ich gerade die Zimmertür hinter uns zuziehen wollte, hörte ich ein unbekanntes Geräusch. Mein Vater weinte. Irritiert blieb ich an der Tür stehen und lauschte. Noch nie zuvor hatte ich ihn weinen hören. Oder es war schon sehr lange her. Mein Herz brannte in meiner Brust und meine Glieder fühlten sich plötzlich unfassbar schwer an. VERSAGT. VERSAGT. VERSAGT. VERSAGT.

Ich setzte mich auf den Stuhl, der direkt gegenüber dem Sessel von Doktor Henning platziert worden war. Vater und Emma nahmen weiter hinten Platz.

Ich wollte mich gerade darüber beschweren, dass für Jenny kein Stuhl bereitgestellt worden war, doch dann hielt ich inne.

„Schon in Ordnung, Amélie", sagte sie, als sie bemerkte, was mich verärgerte, und zwinkerte mir zu. Sie ging um den runden Tisch, der in der Mitte des Raumes stand, herum und setzte sich etwas weiter hinten auf den Fenstersims, sodass ich sie gut sehen konnte.

„So, Amélie", begann Doktor Henning. „Erzähl mir, weshalb du heute hier bist." Seine Lippen waren so dünn, dass sie beinahe verschwanden, als er mir nun ein Lächeln schenkte und seine Brille auf die Nasenflügel rückte. Seine Lider waren blutunterlaufen, die Augen aschgrau. Ich fragte mich, wie man einen solchen Mann als Psychiater einstellen konnte. Ein eiskalter Schauer jagte mir den Rücken entlang, als er mich über seinen Brillenrand eindringlich ansah, da ich nicht antwortete. Mein Herz klopfte wie wild, Schweissperlen rannen mir den Schläfen entlang.

„Nun?"

Alles an ihm war grau. Sein Haar hatte das gleiche Grau wie sein Anzug, wie seine Krawatte, wie seine Schuhe, wie seine Brille, wie seine Haut. Aschfahle Haut. Er faltete seine Hände, sodass seine Knochen krachten. Erschrocken fuhr ich zusammen. Das Krachen hallte noch immer in meinen Ohren, erfüllte meinen Kopf, sodass ich kaum mehr klar denken konnte. Sein stechender Blick musterte mich, verfolgte jede meiner Bewegungen. Dann griffen seine dünnen Finger nach einem Kugelschreiber, worauf er einige unleserliche Worte notierte, was mich noch nervöser werden liess. Ich griff nach der metallenen Armlehne. Die Kälte durchdrang meine Hand und strömte augenblicklich meinen Arm hoch. Ich stöhnte auf. Der Frost fesselte meine Haut an das Metall und hinderte mich, meine Hand wegzuziehen. Ein brennender Schmerz erfüllte meine Handfläche.

„Ich will…" Meine Stimme brach ab.

„Du kannst mir alles erzählen, Amélie."

„Ich will, dass ihr Jenny akzeptiert", brachte ich mühsam hervor.

Er starrte weiter in meine Augen und suchte nach einer Antwort. Doch er fand sie nicht. Er entschloss sich, nichts zu erwidern. Dann beugte er sich wieder über sein weisses Blatt und schrieb. Er murmelte etwas, das ich aber nicht verstand.

Jenny strahlte mich an und schenkte mir aufmunternde Blicke. „Du machst das toll, Amélie! Uns trennt niemand. Niemand! Hörst du? Hörst du, Amélie? Wir gehören zusammen!"

Ich lächelte sie an. Ihre Worte ermutigten mich, das hier zu überstehen. Der Psychiater bemerkte mein Lächeln und warf nun einen Blick über die rechte Schulter, um zu prüfen, wer auf dem Fenstersims sass. Doch er sah

Jenny nicht an, sondern blickte stumm durch sie hindurch.

„Siehst du sie jetzt gerade?"

„Natürlich sehe ich sie!", antwortete ich empört.

Wieder wurde etwas aufs Blatt gekritzelt, dessen weisse Fläche allmählich unter der schwarzen Tinte verschwand.

Doktor Henning forderte mich auf, den Platz mit Vater und Emma zu tauschen und so setzte ich mich nach hinten, während sie die Plätze gegenüber des grauen Mannes einnahmen. Mein Puls senkte sich langsam. Mein Vater und Emma begannen mit dem Psychiater zu sprechen. Ich betrachtete Emma, wie sie dasass, die Beine übereinander geschlagen. Ich wusste nicht, ob sie traurig oder glücklich, ob sie besorgt oder unbeschwert, ob sie wütend oder überrascht war. Die Lippen entblössten zwar die weissen Zähne, da sie ihren Mund weit aufriss, aber ich war mir nicht sicher, ob sie lachte oder weinte, ob es Tränen vor Freude oder vor Trauer waren.

„Bist du glücklich?", fragte ich. „Bist du glücklich, Emma?" Meine Stimme klang hölzern und sie hörte sich weit entfernt an. Als wäre sie ein Fremdkörper, der aus meinem Mund herausfiel und in die Freiheit purzelte. Emma unterbrach ihre Erzählung und sah mich an. Sie antwortete nicht. Sie sah mich nur an. Dann wandte sie sich wieder Doktor Henning zu und sprach weiter.

„Bist du glücklich Emma?"

KAPITEL 11

– Emma –

Es schmerzte, sie so sehen zu müssen. Ihr merkwürdiges Auftreten, ihre unsicheren Blicke und ihre zögernde Wortwahl, während sie jetzt mit dem Psychiater sprach, erweckten in mir den Drang, meinen Blick von ihr abzuwenden. Ich ertrug ihr Leid nicht. Jedoch wurde meine Aufmerksamkeit mit jeder ihrer Bewegungen wieder zu ihr zurückgezogen. Ich betrachtete sie, wie sie zusammengekauert in den Stuhl gedrückt war, sich an der bleiernen Armlehne festkrallte, indem sich ihre schlanken Finger um das Metall schlangen und mit einer gewissen Stärke zudrückten, sodass die Knöchel weiss hervortraten. Ihre Bewegungen schienen gewissermassen unkontrolliert, als würden diese nicht mehr ihrem Willen unterliegen. Und ich – ich war ebenso machtlos, wie meine kranke Schwester. Ich konnte nichts weiter tun, als hilflos zuzusehen und zu beten, dass man ihr hier in der Klinik Genesung schenkte. Erneut nannte sie den Namen Jenny. Ihr Glaube an diese junge Frau war unerschütterlich. Ich fragte mich, wie diese Jenny wohl aussehen mochte. Das Mädchen in ihrem Kopf. Es fühlte sich so an, als hätte ich meine Schwester, meine eigene Schwester an diese merkwürdige Gestalt verloren. Die Augen waren trüb und über dem Gesicht lagen die Schatten von Angst und Verzweiflung, die die Macht über sie erlangen wollten – oder dies bereits vollbracht hatten. Ruhelos kaute ich an meinen Fingernägeln. Eine schlechte Angewohnheit meinerseits, aber ich war derweilen zu durcheinander, um mich davon abzuhalten. Ich hatte mich mit meiner kleinen Schwester noch nie wirklich gut verstanden. Ständig wurde sie von unseren Eltern bevorzugt. Hinzu kam, dass sie immer die Erfolgreichere von uns beiden war. Alle begehrten Amélie, war es in der Schule, zu Hause oder auf Partys, und ich – ich vegetierte in ihrem Schatten dahin. Im Schatten ihres unaufhaltsamen Erfolges, ihrer Klugheit, ihrer Schönheit, ihrer Beliebtheit. Nie genügte ich irgendjemandem. Alle wollten Amélie. Und ausgerechnet sie war diejenige, die sich Luc krallte. Luc, den ich seit Monaten im Stillen vergötterte. Ich hasste sie dafür. Aber jetzt… Jetzt fehlte sie mir. Ich vermisste ihre selbstsichere Erscheinung, ihren grenzenlosen Charme, von dem sie stets umgeben war, ihr siegessicheres Lachen, ihre schnippischen Sprüche, ja selbst ihre leicht selbstgefällige Art fehlte mir. Diese junge Frau, die direkt vor mir auf dem Stuhl sass, war jedenfalls nicht Amélie. Das war nicht meine Schwester. Was hatte diese Kreatur bloss mit ihr gemacht? Wo war sie geblieben? Ich machte mir Vorwürfe. Ich trug schwere Schuld auf mir und war mir dessen lückenlos bewusst. Die Schuld, ihre Veränderung nicht früher bemerkt zu haben, die Schuld, ihren labilen Zustand zusätzlich ausgenutzt zu haben, um mich an Luc ranzumachen. Ich fühlte mich entsetzlich deswegen. Vater sass derweilen stumm auf seinem Stuhl und starrte ins Leere. Amélie musste schrecklich leiden. Ihre Welt war in sich zusammengebrochen: Sie sah eine junge Frau und niemand glaubte ihr, Freunde hatten sich von ihr abgewendet, als sie begonnen hatte, sich vermehrt zurückzuziehen, ihre schulischen Leistungen waren jämmerlich, sie hatte ihren Job als Barista verloren – mit der Begründung von häufiger Abwesenheit – und ihr Freund hatte sie mit ihrer eigenen Schwester betrogen. Das Schlimmste musste für sie jedoch das Verhalten unserer Eltern sein. Vater und Mutter waren zugegebenerweise für sie da, innerlich hatten sie Amélie allerdings aufgegeben. Sie wendeten sich immer stärker von ihr ab. Eine Irre in ihrer angesehenen Familie schadete lediglich ihrer guten Position in der Gesellschaft. Amélie war nun nichts weiter als eine Schande für sie. Sie führten es nie wortwörtlich in dieser Form aus, aber ich erkannte es an ihren trübscheinenden Augen: Sie hatten mit einer unglaublichen Wut und Enttäuschung über das Versagen beider Töchter zu kämpfen. Vater räusperte sich, als wollte er sich zu meinen stillen Gedanken äussern, doch er verharrte in Stummheit. Das Schweigen brachte uns Amélie auch nicht zurück, dachte ich verbittert.

Nun waren wir an der Reihe. Doktor Henning bat uns, vor ihm Platz zu nehmen. Vater seufzte erneut auf. Ich wurde aufgefordert, eine Ausführung zu Amélies Entwicklung und ihrem aktuellen Zustand darzulegen. Es war merkwürdig, über meine Schwester zu berichten, mit dem Wissen, dass sie sich nur wenige Meter hinter mir befand und jedes einzelne Wort mitbekam. Ich fühlte mich wie in der Haut einer Verräterin. Doktor Henning versicherte mir jedoch, dass dies kein Problem darstelle. So begann ich. Es fiel mir schwerer, als ich erwartet hatte, darüber zu sprechen. Mit dem Gedanken an Amélie, wie unglücklich und in sich gekehrt sie in letzter Zeit gewirkt hatte, wie unglaublich zerbrechlich sie zuvor dagesessen hatte. Eine Träne vierliess mein Auge und rann mir über die Wange.

„Bist du glücklich?", fragte Amélie. „Bist du glücklich, Emma?" Ich fuhr zusammen, als ich sie sprechen hörte. Ich spürte einen heftigen Stich in meinem Herzen. Es klang, als würde ein Kind sprechen, das den Begriff *glücklich* noch nicht richtig zu definieren wusste. Ich drehte meinen Kopf, und sah meine Schwester wortlos an. Ihre Augen waren geweitet, die Nasenflügel bebten. Ich war fest entschlossen, zu antworten, ich wollte sie wie einen normalen Menschen behandeln und ihr antworten – als wäre es eine normale Frage gewesen. Doch ich konnte nicht. Ich ertrug es nicht. Also wandte ich mich wieder dem Psychiater zu und erzählte unter Tränen weiter.

KAPITEL 12

Mein Leben war wie ein Gebäude, das mächtig und unerschütterlich erschien. Es war perfekt. Perfekt in jeder Hinsicht. Stolz ragte es in den durch die Mittagssonne beleuchteten Himmel. Aber dieses Gebäude besass kein Fundament, durch das es gefestigt werden konnte. Jahrelang hatte ich darauf aufgebaut, ohne zu bemerken, wie instabil das ganze eigentlich war. Aber auch wenn mir dieser kleine Makel aufgefallen wäre – er wäre für mich nicht von Bedeutung gewesen. So wuchs das Gebäude mehr und mehr. Mit jedem Jahr erschien ein neues Stockwerk, ein neuer Abschnitt. Ein Stockwerk, das das Gebäude noch vollkommener und noch perfekter werden liess. Wolken waren aufgezogen, hatten die Sonne umhüllt, der Himmel hatte sich verdunkelt. Ein Wind war aufgekommen, hatte durch alle Löcher gezogen, das Gebäude wurde von einem heftigen Zittern und Beben erfüllt. Doch ich realisierte es nicht. Ich tanzte weiter unbeschwert durch mein Leben, durch mein perfektes Leben, stolzierte durch die Welt, als wäre die Strasse mein Laufsteg und der Rathausplatz meine Bühne. Das Beben schoss nun durch die bröckligen Wände, jagte hoch empor bis an den obersten Punkt des Gebäudes. Die Luft wurde bereits mit einem leisen Knirschen und Knacken erfüllt, doch ich hörte es nicht. Ich hörte es nicht wegen der lauten Musik, zu der ich tanzte. Es brauchte nur noch eine kleine Erschütterung, einen etwas kräftigeren Windstoss – und da stürzte das Gebäude ein. Das ohrenbetäubende Krachen und Knacken erfüllte die Nacht, dröhnte in meinem Kopf. Einzelne Fragmente gaben nach, alles begann zu bröckeln, Balken ächzten und stöhnten, während sie unter der einstürzenden Last der Mauern bis ins Letzte gebogen wurden. Staub erfüllte die Luft, umhüllte das schaudernde Bild des einstürzenden Gebäudes. Mein Leben stürzte in sich zusammen. Wie ein Kartenhaus. Es ging alles so schnell. So unglaublich schnell. Der Boden wurde mir unter den Füssen weggezogen. Einfach so. Ich verstummte. Stille kehrte ein. Ich hörte nur meinen unkontrollierten Atem, der die eisige Luft stossweise zum Vibrieren brachte. Wehrlos sass ich in den Trümmern meines Lebens. Einsam. Alles war grau. Der Wind pfiff noch immer um meine Ohren, die Dunkelheit der Nacht drohte mich zu verschlucken. Mein Herz hatte aufgehört zu schlagen, innerlich war ich tot. Tot. Mausetot.

KAPITEL 13

Als wir das Gebäude verliessen, schickte die Abendsonne gerade ihre letzten Strahlen über die Hügel und tauchte die Landschaft in ein orangefarbenes Licht. Der modrige Geruch von Erde und Gras stieg mir in die Nase. Es war Frühling geworden. Ich atmete die Luft tief ein und blies sie langsam und gleichmässig wieder aus meinem Mund. Es fühlte sich seltsam an, wieder *frei* zu sein. Frei von den Ärzten in ihren weissen Kitteln, frei von den strikten Vorschriften, die man immer zu befolgen hatte, frei von der Friedhofstimmung, die in diesen vier Wänden herrschte, frei von den Seelenklempern, die einem immer verstehen wollten, frei von den besorgten Blicken, die permanent auf einem ruhten, frei von dieser Klinik, frei von meiner Krankheit... und frei von Jenny. Obwohl ich seit Wochen auf diesen Tag hin gefiebert hatte, machte sich jetzt ein Unbehagen in mir breit. Meine Schritte fühlten sich schwerer an, als erwartet. Ich dachte daran, wie ich am Fenster meines Zimmers gesessen und auf diese Strasse geblickt hatte, auf der ich nun ging. Ich hatte mir immer ausgemalt, wie ich eines Tages geheilt diesen Weg entlang tanzen werde. Tanzen vor Freude, vor Erleichterung über meine neu gewonnene Gesundheit. Doch jetzt – jetzt fühlte es sich ganz anders an. Irgendwie falsch. Ich fühlte mich leer und meine Gedanken kreisten um meine ungewisse Zukunft.

Mein Vater und Doktor Henning blieben einige Meter hinter mir stehen, da sie noch mitten in ein Gespräch vertieft waren. Ich lehnte mich gegen das Auto meines Vaters und kramte in meiner Tasche nach einer Zigarette. Ich kriegte die Packung zu fassen und zog sie heraus. Mein Blick fiel auf die warnenden Worte, die mit einem schwarzen Balken umrahmt waren: *Rauchen fügt Ihnen und den Menschen in Ihrer Umgebung erheblichen Schaden zu.*

Mir entwich ein Lachen. Die hatten doch keine Ahnung. Irgendwie musste ich **sie** ja ersetzen, dachte ich sarkastisch und klemmte mir einen Glimmstängel zwischen die Lippen. Nachdem ich ihn angezündet hatte, verliess mich der Rauch durch meine Nase und meinen Mund. Ich spürte, wie ich ruhiger wurde. Die Sonne liess das Regenwasser auf der Strasse golden aufleuchten. Die goldene Strasse, schoss es mir durch den Kopf. Die Strasse, die den Weg zurück in mein Leben, zurück zu meiner Freiheit symbolisierte. Ich verschränkte meine Arme und nahm erneut einen Zug. Der Duft nach Magnolien hing in der Luft. Dieses Bild, das sich vor mir ergab, wirkte schon beinahe idyllisch. Es sah alles so unglaublich friedlich aus. Die Worte zwischen Vater und meinem Psychiater nahm ich nur gedämpft wahr. Es interessierte mich nicht, was sie über mich redeten. Es war in den letzten Wochen so viel über mich geredet worden – ich hatte mich daran gewöhnt. Es war ohnehin immer dasselbe. Ich strich die Falten auf meiner honigfarbenen Bluse glatt und prüfte meinen Lippenstift im Rückspiegel des Wagens. Purpurfarben. Wie immer. Als ich mich wieder umdrehte, um meinen Vater aufzufordern, sein Gespräch zu beenden und mich endlich nach Hause zu fahren, nahm ich im Augenwinkel eine Gestalt wahr. Zuerst sah ich nur ihren Schatten. Ich wollte ihr erst gar keine Beachtung schenken, was interessierte es mich, wer diese Strasse hinunter kam. Doch da bemerkte ich, dass die Gestalt nicht ging, sondern reglos mitten auf der Strasse stand und mich anstarrte. Ich zuckte zusammen. Jenny! Mit offenem Mund betrachtete ich, wie sie hundert Meter von mir entfernt dastand und mich mit ihrem Blick durchbohrte. Ihr Anblick überraschte mich, doch innerlich blieb ich ruhig. Ich sog an meiner Zigarette, worauf sich die Glut erneut orange verfärbte. Ihre Lippen verzogen sich zu einem Lächeln. Die gläsernen Augen glichen wieder wie bei unserem ersten Aufeinandertreffen denen einer Puppe. Sie trug ein helles Sommerkleid, welches knapp über ihren Knien endete und ihren blassen Teint zusätzlich unterstrich. Die blonden Haare fielen in ihrer Pracht, zu einem Pferdeschwanz zusammengebunden, über die eine Schulter, ihre Füsse waren nackt. Das Lachen erstreckte sich nun über ihr gesamtes Gesicht. Das Mädchen hob die Hand und winkte mir zu. Wie in Zeitlupe.

„Tschüss Amélie!"

Ich beobachtete, wie sie nach ihrem Rucksack griff, der neben ihr auf dem Asphalt stand, und ihn sich über die Schulter warf.

„Tschüss Amélie!", rief sie mir erneut zu und winkte. Wie versteinert stand ich da, drückte mich gegen die Wagentür und traute mich kaum, zu atmen. Aber dennoch konnte ich meinen Blick nicht von ihr lösen. Ihre Glieder bewegten sich und ich glaubte, sie würde sich umdrehen und gehen, doch mitten in der Drehung hielt sie inne und wandte sich wieder mir zu.

„Keine Angst", sagte sie. „Ich komme wieder."

In ihrem Gesicht entstand erneut ein Lächeln – dieses Mal hatte es aber etwas Herausforderndes oder gar Bedrohliches. Mit diesen Worten drehte sie sich nun endgültig um und ging. Ging. Ging mit forschem Schritt die Strasse entlang, die den Hügel hinauf führte, sodass ihr Pferdeschwanz im Eifer mitwippte. Die Sonne beleuchtete die Landschaft nur noch schwach, doch das Licht reichte, um Jennys Haare wie goldene Fäden glänzen zu lassen und das Mädchen in einen eigenartig schimmernden Schleier einzuwickeln – bevor sie hinter dem Hügel in der Dunkelheit, im Ungewissen verschwand.